许娟莉 著

走来走去

西北大学 出版社

·西安·

图书在版编目(CIP)数据

走来走去 / 许娟莉著. —— 西安:西北大学出版社,2023.3
ISBN 978-7-5604-5109-1

Ⅰ.①走… Ⅱ.①许… Ⅲ.①散文集—中国—当代 Ⅳ.①I267

中国国家版本馆CIP数据核字(2023)第045654号

走来走去
ZOU LAI ZOU QU

著　　者	许娟莉
出版发行	西北大学出版社
地　　址	西安市太白北路229号
邮　　编	710069
电　　话	029-88302825
经　　销	全国新华书店
印　　装	西安华新彩印有限责任公司
开　　本	889mm×1194mm　1/16
印　　张	18
字　　数	225千字
版　　次	2023年3月第1版　2023年3月第1次印刷
书　　号	ISBN 978-7-5604-5109-1
定　　价	58.00元

本版图书如有印装质量问题,请拨打电话029-88302966予以调换。

行走中的悟思
——《走来走去》序

韩鲁华

看了许娟莉这部散文书稿,我首先想到一句话:景如人,人如景。

或者,借用瑞士人亚弥尔的一句名言:"一片自然风景是一个心灵境界。"

或者说,她是在用自己的一种生活态度、生活方式,在阐释着人的定义:人是走虫。一辈子都在奔走之中,为了柴米油盐酱醋茶,为了一个人生的梦想,为了寻求一种境地,为了本能欲望或情感的满足,或者为了灵魂的安放。人行走的过程,也是观看风景——人的风景与自然的风景——的过程。在这观看风景之中,创造着自己的风景,实现着自己的人生完满。这样,许娟莉便在行走观景中,活出了一个本真的自己,就如那自然的风景一样。

或者,她在行走中诠释着一种自己的人生体悟:其实人就是自己活在自己的心里。

或者……

这部散文集也就二十多万字,分为自然之子、登山日志选、爱的曙光、蓝梦岛的二十四小时、旅美生活周志选五个部分。所记述的地域或者说行走的地域可谓是广阔。俗话说,千里之行,始于足下。起点于古城西安,结束于地球另一边的美国。当然,旅游行走最多的还是被称为中国龙脉的秦岭。如果就其所叙写的内容来看,可分为两大部分:日常生活与旅游生活。日常生活是那么具体琐碎,观山看水又是那么自由洒脱。这就像是镜子的两个面,一面照出了现实的生活庸常,一面照出了精神心灵的洒脱与逍遥。这两个许娟莉又是那么和谐地融为一体,活脱出一个真实的人来。她似乎用自己的行走在说:心静安然,没有那么多的欲望,只是活出自己的本然样子来。至于别人如何说,那是别人的事,自己走自己的路就是了。

这部散文集,没有华丽的辞藻,更没有故作高深的说教,没有从一块石头或者一株花草中,引发出一惊一乍的感叹,或者一大堆人生哲理来。叙写的都是日常的生活状态。不论是游走于大山之中,或者行走于都市或乡村,流淌于笔端的都是自然界的自然景色,平常人的平常事,是一种日常的叙说,就像个絮叨的老人。因此,读起来自然而然地有一种亲近感。或者,读者不须有任何思想准备,便可以与作者进行拉话、叙家常。随着作者的文字流淌,你就如与作者一起一边观看风景,一边聊着天。

当然其间渗透着作者的行走感悟。看山有看山的感悟,观水有观水的体验,就是与小外孙女,或者她家的那只小狗的共处中,也能体味出一种人生情感的滋味来。

比如:

"冬天有冬天的味道,山的峻峭和刚劲,只有冬天才能凸显。"

"平常在都市里生活,即使住在对门,都老死不相往来,出了城,到了大自然中,人不知不觉地卸下了盔甲。"

"我希望有限的生命里,可以走更多的路,看更多的风景,有更多可以回忆的东西。"

"人的身心常常是分离的,身体常常是沉重的,心灵却是轻盈的,只有当身体也能和心灵一样能飞起来时,人才是自由和幸福的。"

"我觉得我变了,变成了身心统一的一个人,在此之前,我有两个我,一个我在现实中生活着,一个我飘浮在空中。飘浮在空中的我,常常来到现实的我身边,指点我、引导我、激励我,要我时常仰望星空,要我坚持自己的梦想。"

在这些平常话中,自然而然地呈现着一位行走者的思考体悟。观的是山水人世,悟的是人生的道理。

我还需提到的是,这部散文中,字里行间渗透着爱。爱自然、爱生活、爱亲人、爱朋友,爱人之所爱。这爱的背后,跳跃的是一颗善良的心。不论真实的生活与情感,还是美丽的山水自然,它们似乎都有着生命。这生命的内核,就是真诚、善良而美丽的心。

说来实在抱歉,仅仅二十多万字的书稿,却断断续续读了数月时间。好在许娟莉教授与我是同乡、同学、同事,我的慵懒她是知道的。酷夏中写下这点不成形的文字,如有不妥不足不到不准之处,不怨我怨天太热。

权作序。

壬寅仲夏于草麓堂

自然之子

2007 年
立秋补记 …………………………………………………… 3
向往徒步旅行 ……………………………………………… 6
冬至寻雪 …………………………………………………… 9

2008 年
古道农家 …………………………………………………… 11
止语 ………………………………………………………… 14
烟花三月何须下扬州 ……………………………………… 17
枣岭上没枣 ………………………………………………… 19
山雨 ………………………………………………………… 22
自然之子 …………………………………………………… 25
叶落归根 …………………………………………………… 27
那山 那水 那石 那树 …………………………………… 30
认识茱萸 …………………………………………………… 33
冰蝴蝶 ……………………………………………………… 35

2009 年

大山的守护人 ………………………………………… 37

走进深山——黄柏塬 ………………………………… 40

哪样生活更好 ………………………………………… 44

邂逅天井山 …………………………………………… 47

2010 年

化羊峪 ………………………………………………… 50

2011 年

黑山冰瀑 ……………………………………………… 52

那条小路 ……………………………………………… 54

2012 年

山路是走出来的 ……………………………………… 56

2014 年

再上平和梁 …………………………………………… 58

2016 年

天池寺 ………………………………………………… 62

2017 年

和茱萸的缘 …………………………………………… 64

2019 年
 与一只刺猬的一周 …………………………………… 66
 土地梁 ……………………………………………… 69

登山日志选

2019 年 3 月 9 日 周六 晴 ………………………… 73
2019 年 4 月 14 日 周日 晴 ………………………… 74
2019 年 7 月 21 日 周日 多云转阴 ………………… 76
2019 年 8 月 31 日 周六 小雨 …………………… 78
2019 年 11 月 30 日 周六 雪 ……………………… 80
2019 年 12 月 28 日 周六 阴 ……………………… 82
2020 年 3 月 4 日 周三 晴 ………………………… 83
2020 年 4 月 8 日 周三 晴 ………………………… 85
2020 年 11 月 7 日 周六 晴 ……………………… 87
2020 年 11 月 14 日 周六 晴 …………………… 89
2020 年 11 月 22 日 周日 雪 …………………… 91
2020 年 12 月 24 日 周四 晴 …………………… 93
2021 年 1 月 12 日 周二 晴 ……………………… 95
2021 年 2 月 2 日 周二 晴 ………………………… 97
2021 年 2 月 22 日 周一 多云 …………………… 99
2021 年 3 月 7 日 周日 多云 …………………… 102
2021 年 4 月 11 日 周日 多云 …………………… 105
2021 年 5 月 23 日 周日 晴 ……………………… 106
2021 年 7 月 29 日 周四 晴 ……………………… 108

2021 年 10 月 31 日　周日　雨转多云 …………………… 110

2021 年 11 月 7 日　周日　立冬　晴 …………………… 112

2021 年 12 月 15 日　周三　晴 …………………………… 115

2022 年 3 月 27 日　周日　多云 ………………………… 117

爱的曙光

去看武威 ……………………………………………	121
寻访青木川 …………………………………………	126
山月相映　阴阳成趣 ………………………………	130
天上有个顶天寺 ……………………………………	132
我眼中的西藏 ………………………………………	135
也看桂林的山水 ……………………………………	142
再去商洛 ……………………………………………	145
汉中三月天 …………………………………………	147
永靖原来这样 ………………………………………	151
离天堂不远的地方 …………………………………	155
何处染尘埃 …………………………………………	159
黄河滩 ………………………………………………	162
宁夏的夏天（一）——水泊银川 …………………	165
宁夏的夏天（二）——海市蜃楼 …………………	168
横山,有点意外 ……………………………………	171
山静日长 ……………………………………………	174
秋去冬来 ……………………………………………	176
朱家角的一角 ………………………………………	180

初识南京 ·················· 182
听景不如看景 ·············· 184
天鹅与天使 ················ 187
告别2016 ················· 189
四上华山 ·················· 192
爱的曙光 ·················· 194
去阎良看周老师——我们永远的先生 ·········· 198
再约四年 ·················· 202
陕南行散记 ················ 204
甘南之行(一)——扎尕那 ········· 209
甘南之行(二)——拉卜楞寺 ········ 211

蓝梦岛的二十四小时

娱乐精神 ·················· 215
墓地 ······················ 218
蓝梦岛的二十四小时 ········ 220
埃及七日 ·················· 223
斐济五日 ·················· 229
希腊十一日 ················ 237
啊印度,印度 ··············· 246

旅美生活周志选

旅美生活周记之一——初见达拉斯 ·········· 257

5

旅美生活周记之二——运动者是美丽的 …………………… 260

旅美生活周记之三——轻快的日子 ……………………… 262

旅美生活周记之四——无处话秋语 ……………………… 266

旅美生活周记之五——守素安常 ………………………… 267

旅美生活周记之六——一一学语 ………………………… 269

旅美生活周记之七——南瓜灯 …………………………… 271

旅美生活周记之八——爆胎之后 ………………………… 273

后　　记 ………………………………………………… 275

自然之子

ZIRAN ZHI ZI

  我是从 2006 年，也就是四十多岁开始爬秦岭的。我先加入了一支老朋友组成的登山队，四五个人。每到周五晚上，队长就会通知大家几点在哪儿集合，准备登哪个峪口，需要带什么东西。我们基本上是乘公交游 9 路车，根据不同的线路，在环山路上就近下车，徒步到达峪口，开始登山。一年后，我开始把每次登山的所见所感写下来。这里选录了其中的大部分。

2007 年

立秋补记

　　大自然真的很神秘,日月升降,万物兴衰,季节轮换,各有各的运行轨迹,从不以人的意志为转移。

　　几乎每年秋天的到来,我都是后知后觉。习惯了数着公历过日子,对农历不怎么关注。其实,这是不该的忽略。因为农历是与大自然最契合的日历,它根据太阳的位置,把一年分成二十四个节气。冬去春来,寒来暑往,自然界的变化细腻地体现在节气上,显示了农居时代人们田园诗意的生活。

　　在一年四季之中,我对秋季总有一种特别的感觉,喜欢它忧郁、深沉、悲凉的气质,喜欢它秋风扫落叶的凄美,喜欢它色彩丰富的烂漫,喜欢它硕果累累的厚重。

　　昨天,立秋。我竟浑然不觉。

　　一大早,和几位好友驾车穿隧道,过秦岭,到柞水。过去寂静的小城,因为高速路的贯通,如今也热闹起来。不宽的街道上,停满了外地的各种车辆。柞水的人依然纯朴,饭菜照常可口,我们就餐的农家,端茶上饭的姑娘,脸上的笑容让人舒心,依山傍水的小院子,藤蔓遮蔽,花艳草嫩,墙上挂满了诱人的熏肉。酒足饭饱后,已是下午三点多,我们绕休闲长廊一转,走几步就看到刻印在石碑上的唐诗宋词,偏僻小城因为有诗顿觉雅致起来。柞水两边的垂柳颇有灞桥风姿,游人三三两两荫下乘凉。后来,我们顶着炎炎烈日,去观三道井,这是一个小巧玲珑的生态公园,山清水秀,景致俏丽,一步一景,只是我始终没弄明白三道井的井在何处。上山时,遇到一个背着竹篓、手摇树叶掸飞虫的农妇,向她询问三道井的位置。浓重的当地话,听不太明白。只好放弃,继续登山。到最高处,俯瞰小城,如在盆中,周围山峰起伏,天蓝云白。下山路上,又遇到之前见的农妇,彼此如熟人一般亲切、惊喜,一问才知,她与家人约错见面地点,走了岔路。两个人在山上玩起了捉迷藏,你上我下,大热的天,翻遍了整座山,红通通的脸上流着汗,但不见农妇有一丝怨怪,掉了几颗牙的嘴依然笑得很开。和我们告别时,她邀我们下次去她在沙滩上的家。

  小路旁边的泉水,清澈见底,引诱着人下去。脱掉鞋袜,脚蹚进清凉的水里,凉爽马上沁人心脾,再掬一捧水洗把脸,把一天的闷热都赶跑了。一股山风习习而来,吹在泉水未干的脸上,妙不可言。已到该返回的时间了,却实在不想离开。蜻蜓不时地飞落在我们的头上、手上,透亮的羽翼在阳光下发出幽蓝的光。一个老太太下到河水里洗着衣服,衣服上的尘土被水洗涮得干干净净,随水飘动的衣服鲜亮鲜亮的,不知穿着泉水洗过的衣服是何滋味,想必还留有泉水的清香?一会儿,一个俊秀的小姑娘也端个红色的塑料盆来洗衣服了,她向我们腼腆地一笑,就静静地洗起衣服来,在一块平整的石头上搓洗着衣服,动作很熟练。我又忍不住想,伴着泉水长大的姑娘,性格应该像泉水一样清灵吧?罢了,罢了,天色已晚,必须返程了。

  车一过秦岭,雾很大,好像要下雨了。从手机的信息得知,第二天确实有中到大雨。

近夜半,南方好友来信说与闺友漫步在秋日的街头。今早一醒来,接到一友从更北地方的问候:"秋日已到恋夏短,晨醒梦失愿夜长。"一查日历,方知昨已立秋。

不知怎么回事,一旦得知秋天已到,心马上从夏天的浮躁中安静下来,再加上听着从昨夜一直绵延到此时的雨声,更觉秋的气息已侵吞了我的身心。

伴着窗外的秋雨,写下此文,补记立秋。

2007 年 8 月 9 日

向往徒步旅行

前几天看报纸，一行字刺目地跳入眼帘："西汉高速重大车祸，七死多伤。已关闭单幅路段。"我们十几天前才经过的路，怎么就和死亡沾上了边？既后怕又庆幸。

记得国庆去汉中的路上，看着一个又一个的隧道，金碧辉煌，灯火通明，几分钟就能穿一座山越一道岭，禁不住感叹：这个工程太伟大了！李白的"蜀道之难难于上青天"变成了"千里蜀道一日还"，对政府的英明决策、工程技术人员的聪明才智，特别是一线施工人员的艰苦劳作由衷地敬佩、赞赏和感激，甚至羞于自己的所学无用。如今，当一辆辆车舒适快速地行驶在漂亮干净的路上，我不由得默默地在心里向路桥设计人员、施工工人等这些无名英雄致敬感恩，想说声：你们，辛苦了！

还记得返回途中，我也开了一会儿车。说来惭愧，我也算是有四五年驾龄的人了，但开车技术实在不能说好，尤其是不敢上街，不敢上高速。上街主要是停车太难，上高速有恐惧心理。这次，我一是想换换老公，让他休息一下，二是也锻炼一下自己。可是，一坐上驾驶座，我还是紧张，看着空无一人，整齐的护栏、路面，两边静寂的崇山峻岭，孤独袭上心头，好像此刻只有我一个人在这个世界上，我被抛在了没有人情味的现代化作业流水线上，不容我有丝毫的犹豫、彷徨，因为谁也帮不了我。过隧道时,强烈的光线、弯曲的洞壁、规整的线条,全部平行地排列着,没有丝毫的变化,当然也不可能有变化,这种单调也让我产生了幻觉,好像我在游戏世界里开着飞车,随时有可能撞到旁边的墙壁上,要发出刺耳的刹车声。我尽量把速度开在限定的80码,有时掉到了六七十码,几乎所有的车都超我而过。其实,我在非高速路上,从来没有这种幻觉。再加上,偶尔看到横陈在高速公路上一具具狗的尸体,心中所产生的哀戚,更无法继续这样行驶了。唉,我可能患上了高速公路恐惧症。

显然,自驾旅行对我有这种症状的人来说,已不太可能了!

于是,我向往起了徒步旅行。

背着包,行走在车来人往的路上,一边走,一边欣赏风景。走哪儿歇哪儿,没有太强的目的性,有一个大的方向,但每一天行走的过程也是目的之一,真正体味"枯藤老树昏鸦,小桥流水人家,古道西风瘦马。夕阳西下,断肠人在天涯"的那份羁旅情思。我以为古人所说的"欲速则不达",就旅游而言,是指快速地到达目的地,反而错失了路途中的许多美丽,充其量算是旅游消费,称不上真正的旅行。旅游和旅行仅一字之别,意义却不同,旅游重在游览风景,而旅行重在行的过程;"读万卷书,行万里路",也是强调"行"字。说到这儿,想起了一件二十七年前的旧事,记得那是上大学的第一学期,班上组织到临潼游玩,我和其他三个同学因想看到骊山晚照,误了学校的班车,想搭公交车,四个人竟凑不够一个人的车票钱,把学生证押给师傅,也未奏效,怎么办?没钱住宿,只好硬着头皮往回走。当时,也不知道有多少公里的路,只是一个劲地向前走。天亮时,我们终于走到了西安,四个人席地坐在钟楼广场上,聊天说笑,把一夜的艰辛忘得一干二净。后来,这件事在班里被传为笑谈和壮举。也许,几十年过去,其他人把这件事早都忘了,而我却记忆犹新。是啊,怎么能忘记那一夜,昏暗的灯光下,我们数着一根又一根的电线杆!怎么能忘记,老班长执意用自己的运动鞋换下我的高跟鞋,自己光着脚走了一夜,脚底被磨得血肉模糊!又怎能忘记,小峰一脸尘土地坐在钟楼广场上说,将来找的媳妇决不能打呼噜,惹得我们哈哈大笑!二十七年的时光,发生了多少事!许多往事都化为烟云,但这一夜的行走,却成为我生命中挥之不去的一段记忆。

我希望有限的生命里,可以走更多的路,看更多的风景,有更多可以回忆的东西。

2007 年 10 月 12 日

冬至寻雪

又到了冬至！入冬以来，心里一直有个期盼，希望今年的冬天有雪，像小时候的鹅毛大雪。立冬已有月余，预报几次有雪，却不见雪的踪影，空欢喜几场。近日，《华商报》上有爱雪一族，招募去东北看雪，心有所动，却身不由己，不得不放弃。看到招募，心动的同时也有几分悲哀，陕西因为无雪，已算不上真正的北方了，看雪还需到更北的东北！可陕西的冬天又没有南方的温暖宜人，冷还照常冷，就是少雪，甚至没雪了。可以让南方人羡慕的大雪，真的与我们无缘了？心有不甘，冬至这天，约几个老同学，登山寻雪。差不多十一点我们到了秦岭的大峪口，我喜欢这个峪口，进山的路很宽，一路相随的泉水在秋季时很大，现在虽然不大，也没有完全干涸，细细的泉水静静地流淌着。到了嘉午台入口处，我们下车，一位慈善的老大娘主动招呼我们："上山太晚了。"我们说："不晚，走哪儿算哪儿。"老人上山的概念可能与我们不同，我们是寻雪去的，见雪可止。冬季的秦岭的确不能和春天的百花盛开、夏天的绿荫葱郁和秋天的五彩缤纷相比，但冬天有冬天的味道，山的峻峭和刚劲，只有冬天才能凸显。山路很窄，路两旁布满了枯枝败叶，曲折勾连的藤条，可以想象曾经的繁荣。山里的气温很低，早霜把落叶裹得严严实实，白晶晶的，踩上去有轻微的吱吱声。到了一个三岔路口，我们正不知何去何从时,一只小黄狗的吠声吸引了我们,几经判断,应该继续向南走。走了不远,只见一座寺庙挡住了去路,一打听,才知走错了。回头,小黄狗站在我们来的路上。我一下子明白了,小狗是这座寺庙的,它刚才用叫声吸引我们走另一条路,结果我们走错了,走到了它的家,不知是不放心还是好客,它追随我们而来,看我们要离开,它才轻松地闲逛去了。再向上走了一会儿,远远看到了一片白茫茫的雪,今冬第一次见到雪!急步走到雪处,厚厚的一层,摸上去硬硬的,没有雪的柔软,已被冻结在山石上。看来,山里早就下过雪了。

　　我们继续上山,想看到更多的雪。这时候,遇到下山的人越来越多。说起来,也是奇怪,在山上,大家互不相识,却彼此招呼着,往往是上山的人会用羡慕的口气问:"还有多远?得多长时间?"下山的人用骄傲的口气说:"怎么才上?不远了。"平常在都市里生活,即使住在对门,都老死不相往来,出了城,到了大自然中,人不知不觉地卸下了盔甲。从未见过面的人,开着玩笑,甚至热心地指点着路。到了很窄的路段,相互谦让着。我常常被这样的场面感动着,这也是大山吸引我的魅力所在,人回归了真正的人!一路上,这样被感动着、激励着,终于登上了山顶。一个五十多岁的僧人淡静地守在寺庙的灵堂前,我虔诚地上了三炷香,随着木鱼声,我把对佛祖的敬仰、对家人亲友的祝福,都一一送上。只见佛堂左边的案板上有僧人为自己擀好的面,右边就是他的床铺。这才是真正的天上人间啊!出了寺庙不远,一片较开阔的空地上,一群驴友正用自带的炉子煮饺子吃,山顶上,周围冰天雪地,他们有说有笑,吃着热腾腾的饺子,还是在冬至该吃饺子的日子。这幅热闹的画面,让人羡慕不已,把人都看饿了。时间不早了,我们也该下山吃饺子了。

2007 年 12 月 24 日

2008年

古道农家

清晨,我们终于告别了寒假慵懒的生活,背起包向秦岭出发了。从雁塔乘游9到环山路北豆角村,一路要经过曲江、长安,车走走停停,人上上下下,慢慢地,山已经隐隐约约可以看到了。

初春的早晨有一些薄雾,一望无际的麦田似睡似醒,空气越来越清新了,不由得人要深呼吸一下,把年前年后闷在都市里的郁气全吐出去。穿行在北豆角村的小路上,我暗自琢磨着北豆角这个名字,觉得有意思,有一种田园诗意的浪漫。顾名思义,这里应该曾经盛产豆角吧。秋季的北豆角,一定很绚烂,田里到处是成熟的黄灿灿的豆角。如今,北豆角看不见豆角,到处都是果树,北豆角徒有虚名了。可还能留下这么一个有田野气息的名字,也不错,起码让人有一丝美好的想象。

我们很快就走到了子午峪口。山路弯弯曲曲,年前的那场大雪正被年后的太阳一点点地融化着。路很泥泞,阴坡的路面上,有的结成很厚的冰,有的还有厚厚的雪,稍不留神,就会摔一跤。一个多月都没有这样的运动量,刚开始确实感到力不从心,双脚像踩在棉花上,不一会儿,全身就出汗了。到了一个较开阔的地方,大家停下来休息,分享各自带来的东西,有小蜜橘、烙饼、点心、咸菜、兔肉,五花八门,喝着龙井、品着咖啡,好一个丰盛的野外小炊!休整得差不多了,继续爬山,目的地是土地梁。我刚听到这个名字,马上和土地神联系起来,既然叫土地梁,一定是有一块土地了,山民们对山上的土地很珍爱,以梁或岭爱称。大约一个小时,到了土地梁,果然是个好地方,一块很开阔的盆地,四面环山,此处却相对平整,地上竟然没有石子,土质柔软,应该是可以耕种粮食和蔬菜的,有一个破败的窝棚,可能是种地人休息的地方。我们站在土地梁上,四下张望,只见群山层峦叠嶂,远处的山像皴染的国画一样,再低头看慢坡下的峡谷,虽然草木枯萎,但可以想见:春花开放时这里的烂漫,夏树成荫时这里的凉爽,秋风落叶时这里的凄美。我们一路往下走着,一路欢快地说笑着,憧憬着春意盎然时的美景。走了不远,看到一个小村子,错落地布着十几户人家,也许我们是春节后小山村的第一批来客,几只大小不等的狗热情地吠叫着,用非常响亮的声音给全村人报信,吠声打破了小山村的寂静。我们在最南的一户门前停了下来,我一看,房顶上飘扬着一面瓦蓝色的长旗子,上面写着"古道农家"。呵,这就是我们队长所说的"古道农家"!没有围墙,穿过厨房,到了一个院子里,几间泥瓦房,旁边有一个柴房,柴房旁有一小堆麦垛,院落下面是一大片黑黝黝的慢坡,再向远看就是山了。院子里有两只猫,一只黑色,一只花色,我们一来就"喵喵"地跟在身边,它们已用灵敏的嗅觉闻到了我们包里的兔肉。几只花鸡倒对我们的到来无动于衷,依然抢吃着盆里的食物。主人是一对中年夫妇,热情地招呼我们坐在院子里喝水,然后两个人忙活着给我们做饭去了。此时正是下午两点钟光景,太阳暖洋洋的,晒在身上特别舒服。我靠在麦垛上,让阳光尽情地洒在身上,闭目养神,我梦寐以求的田园生活不就是这样吗?队长坐在小板凳上一边劈柴,一边说"太美了,我都不想回去了"。可能所有人都不想回去了。

一会儿工夫,饭做好了,红烧老豆腐、醋熘土豆丝、葱炒土鸡蛋,光看颜色,新鲜诱人,吃了更觉味美。不知是大家饿了,还是菜确实香,三盘菜很快见底了。等手工油泼面端上来时,大家已经差不多饱了。树上的几只喜鹊叽叽喳喳地叫着,一会儿飞来,一会儿又飞走。吃完饭,眼看着太阳快要落山了,我们不得不起身准备下山了,男主人细心地给我们指点了出山的路。一个小时的工夫,我们到了仔岭,当地人叫枣岭。因为枣岭不见一棵枣树,我们估摸可能是仔的转音。

　　坐在回来的车上,接到宁波学兰的短信:"正晒着太阳,啃甘蔗呢——体验甜美时光!"我回复:"很会享受!刚与友爬山六小时,好过瘾!"学兰又回:"羡慕啊!莫负春光。"

　　是啊,春光匆匆,不能负!

2008 年 3 月 1 日

止　语

　　一大早，还是我们几个人，还是老地方会合，还是乘坐的游9。尽管天气预报报道今天有小雨，也难以阻拦我们与大山会晤的步伐。阴天的秦岭，看上去像一幅水墨画，青黛色的山峰，浑然一体，草木包蕴于山脉中，更增显了一份静默和神秘。显然，昨天山上也落了一点雨，走起来滑滑的，但空气却异常湿润。再看路边，已经有隐隐约约的嫩芽往上冒，枯萎的树枝条中已有新枝，桃树、梨树也可以看到星星点点的小花苞，泉水打破了坚冰的束缚，欢畅地流淌着。一个礼拜的时间，春意浓了许多。我们一路上细数着这些细微的变化，不由得春意荡漾。考虑到有雨，我们今天的登山路线设计得比较保守，还是从子午峪口进山。走了大约两个小时，到了上周我们休息的地方，一间破旧的房子，门紧紧关闭着，从被烟火熏得黑乎乎的窗户来判断，这里曾经住过人。房子边有两条道，一条是上周我们走过的，去土地梁的路，另一条通向哪里？

　　这一条没有走过的路，慢慢向东边蜿蜒，翻过一个山头，只见漫山遍野的板栗树，有的树顶上还有褐色的栗子壳，毛茸茸的开着口，显然栗子已被鸟儿叼走了，难怪山林中的鸟声清亮，是不是吃栗子的缘故？再向上走了一会儿，一个小小的院落出现在我们眼前，但已是废墟，墙倒塌了一半，房顶可以看见天，一堆土的后面，靠墙立着一辆手推车，破旧不堪，两只轱辘也不知滚动到了哪里。我拍了几张照片，觉得镜头中的废墟很美，一种破败的美。走过废墟，下了一个小坡，到了一个峡谷，大片枯黄的野芦苇随风摆动着，对面的山也黄灿灿一片，峡谷很深，最深处可以隐隐约约看到一条小溪，溪边上有一条蜿蜒的小路，面对这样的景致，我只能说，太美了！其实这样的表达与实际的感受相比，显得苍白和单薄，因为内心感受到的那种奇妙，无法言语。这是什么地方？连我们经验丰富的队长也说从来没有来过。大家约定，等到春好时，我们一定再来。

时间还比较早，我们继续往前走，不远处，看见了一处房子，想着这下就可以问问路了，等我们走到房子跟前，悄无一人，墙边竖放着一块木板，上边写着"从房子后边到土地梁，从前边往东走可以到抱龙峪，此外再没有别的路"。这么好心的人，默默地为登山者指路。我好奇地寻找着这个好心人，因为从房子外面的物件来看，这里应该住着人，院子里还摆放着几个木墩子，显然是方便过路人歇脚的。我们的一位老队友说，别问人家了，可能是修行的人，他用木板已经给指路了，意思是不让你再问了。果然，我看见一位五十岁左右的男人从房中走了出来，连看我们一眼的兴趣都没有，自顾自地洗菜切菜，显然要准备做饭。我觉得奇怪，一个人，住在荒山深岭，多么寂寞啊，好不容易来人了，还不说说话？带着满腹的疑惑，我们离开了这位不语者，往回返。

经过一个小山头，又有一小茅屋出现在我们的前方，队长说可以问问这家人了。结果远远地看见青布门帘上写了两个大字"止语"！院子用篱笆围了起来，门也是用树枝编的，房门边挂着一顶斗笠、一件蓑衣，围栏上吊着几个黄澄澄的玉米棒子，还挂着几串红红的辣椒，院子中间有一棵不知名的树。这个小院子，洁净、素雅，想必这个修行者是个很讲究的人。我们也被"止语"两字止语了,悄无声息地观赏着它,离开时,也没有见到茅屋的主人。

算起来,我也爬过很多年山了,也去了几处名山大川,但今天的遭遇还是第一次。我不解,这些修行者为什么要止语?是嫌这个世界太纷乱、太嘈杂?还是自己曾经言过有失?我不得而知。但"止语"两字却刻印在我脑中,令我翻来覆去地想……语言,应该是人类文明最重要的标志,有了文字,古老的历史文化被记载下来,否则,人类永远会处于野蛮和荒芜时代。可以说,语言为人类进步立下了汗马功劳。但任何文明都是双刃剑,因为语言而制造的灾难也不少。中国历史上的文字狱就是一个例证。

老子讲"道,可道也,非恒道也"。那么,反过来说,恒道,与宇宙本源、天地万物永恒共存、运行不息的大道,就是不可道的,既然如此,静修止语可能是最好的求道。我虽然不能求道,但如果也能经常止语,最起码可以静心,找到真我。

2008 年 3 月 6 日

烟花三月何须下扬州

李白的"故人西辞黄鹤楼,烟花三月下扬州。孤帆远影碧空尽,唯见长江天际流"中"烟花三月下扬州"这句诗最诱人,一千多年来,也让人们相信,最美的春天一定在扬州,杨柳如烟,繁花似锦。于是,我有了个心愿,阳春三月的时候,也下个扬州,但至今未能如愿。偏偏每年三月都不得空,因为刚刚收了寒假。今春以来,我几乎每个周末都会从城里出来,去踏青或是登山。一开始,春天还是萌动的,只有吹过来的一丝暖风才能令人感到不再是冬天了,麦子仍然在沉睡,柳条上有了隐隐约约的嫩芽,玉兰树上的花苞已经明显地吐出了。但整个看去,北方大地依然是萧条的。

二月中旬以后,春的气息渐渐浓起来,一夜春雨过后,玉兰竟然都开了,白的、红的,开得那么肆意。玉兰,如玉如兰,贵气和高雅是玉兰的品质,它无须绿叶陪衬,本色登场,开到极致后,一瓣瓣地落下,厚厚的一层,即使掉在地上,它还是如玉如兰。到了三月份,各种花陆续开放了,黄灿灿的迎春花,粉嘟嘟的桃花,梨花杏花白花花一片,一串串的紫槿花也开了,一枝枝的丁香花飘出了幽幽的香味,樱花更是花团锦簇。再看麦地,绿油油的,像一块硕大的毯子铺在大地上。在绿毯中随意地有一片黄亮亮的油菜花,绿黄相配,美艳至极。这如画的大地上,爱热闹的喜鹊不时地飞过,奏出欢快的音乐。

　　通往终南山的子午大道上,满眼看去,春意盎然,柳枝随风摆动,到处是春游的男女老幼,尤其到了周末,秦岭简直像过节一样。人们三五成群,或朋友,或家人,有的在田间闲步,春风拂面;有的弯腰在采摘各种野菜,也让肠胃感知春的清香;还有登山者,着鲜亮的衣服,在春天的大山里徜徉,弯弯曲曲的小路边,长满了鲜嫩的野草,开放了许多叫不上名的野花。走在山梁上,暖洋洋的太阳洒在身上,举目远望,绿绿的青山被各种野花点缀得花花绿绿。有的山坡上、树林里,躺着坐着一些登山者,人们的说笑声和山林的鸟声混在了一起,忽远忽近,时有时无。从山上下来,一路上所看到的人家,房前屋后,花红柳绿,就连猪圈里也有往上长的绿草红花。

　　我不知道扬州的三月会是怎样,北方的三月已经让我陶醉,天、地、山、草、树、花、鸟、人合奏出浓浓的春意,看春还须下扬州吗?

　　显然,无须周折了,春就在眼前,就在当下。

2008 年 3 月 31 日

枣岭上没枣

每到周六,总有一件事情可以期待,期待本身也成了一件美好的事情。孩子是这样,大人亦如此。

爬山,就是我每周期待的美好事情。

当我们一大早再次到达枣岭时,这里还静悄悄的。举目远望,山里的景象已经发生了不小的变化,小路上的石子裸露出来,看来前不久曾下过很大的雨,冲走了路面上的沙土,走在上面有点硌脚;杏树上的果子已经有核桃般大了,绿绿的,看着都酸牙;半坡上开满了紫色的花,花枝向上,长长的条形,枝藤繁盛,赵老师说俗名叫毛勺子,不知道学名叫什么,毛勺子一片片烂漫地开放着,并没有因为默默无名而降低它的热情;一丛丛野芦苇轻轻地摇摆着,新抽的苇秆非常鲜嫩。

上到一个小山头,我们停下来,回头看时,所有的山脉被绿色完全淹没了,找不见一块岩石,心中不由得感慨大自然的神奇。走过好几遍的路,每次来感觉都不同,春天那种生机盎然被渐趋成熟的韵味所代替,没有了大红大黄的亮丽,却有了郁郁葱葱的繁盛。除了杏树外,核桃树、板栗树也都长出了青色的果实。过了"情人坡",一群小蝴蝶翩翩起舞,还没有完全长成的翅膀五颜六色,像刚出壳的小鸡一样,稚嫩、可爱,我拿出相机想拍下它们,可它们太好动了,很难捕捉到静止的镜头,一路走去,都有小蝴蝶在前面引路,人在舞动的蝴蝶中走着,真是妙极了。我想起了"昔者庄周梦为蝴蝶,栩栩然蝴蝶也",我昨晚好像没有梦到蝴蝶,但今天却与这么多蝴蝶结伴而行,实在是一件幸事,我似乎有点飘飘然了!

这样飘到了碌碡坪,我们依然歇脚在"古道农家",坐在院子里的吊脚凉棚下,山风吹来,爽到心里。"古道农家"和往日不同,多了一个腼腆的小姑娘,一问才知,是主人的小女儿,原来我们以为这个家只有一个儿子。女儿在汉中上学,这几天学校防震放假了。姑娘话不多,手脚却麻利,给我们倒水、搬凳子,脸上总是带着羞羞的、甜甜的笑容,让人感到很舒服。

吃饱喝足了,时间还早,我们请"古道农家"的儿子,一个热情活泼的小伙做向导,前往黄峪寺。路不太远,但比较陡峭,两边的植被非常茂密,路过的一块湿地长满了半人高的涩草,绿油油的,我忍不住跳进这一丛绿里,整个人完全被草盖住了,起来才发现裤子都湿了,感觉好凉爽。不到一个小时,我们到了黄峪寺,非常开阔的一片深山盆地,远远看去,有点像鸡窝子上的草甸,山坡上有可以乘凉的柿子树,有可以随地坐下来或躺上去的草坡。

每每爬山,我特别钟情山坡,看到山坡,心总有所动,温暖、浪漫、亲切、质朴,可以安放身心的地方。

返回"古道农家",主人已为我们准备好包饺子的一切东西:韭菜、鸡蛋、面。五六个人上手,很快地,香喷喷的饭菜就吃上了。

太阳差不多要下山了,我们也该回家了,临走,我问男主人,为什么这个地方叫碌碡坪,他笑笑说:"这儿本来叫搂子坪,当地人念转音了,念成了碌碡。这里面还有一个故事,传说明朝万历皇帝的母亲李娘娘为避难,弃儿离宫来到终南山,儿子在后面啼哭追赶,娘娘忍痛哭着走,进了子午峪口,越过土地梁、搂子坪(现碌碡坪)、摘儿岭(现枣岭)、离娘坪(黎元坪)、艳妃池、喂子坪,从黑河口上了万华山……"原来这个地方还有这么感人的一个故事,以前也曾多次经过喂子坪,但从没有想过为什么叫这么个名字,今天这样一讲,一下子明白了。这些地名是为了纪念母爱的伟大与无奈,娘娘弃儿是为了保护儿子。看来,秦岭不仅风景奇伟秀丽,还藏有许多历史人文故事。这也给我一个启发,任何一个地名,都不能见文思意地想当然,一定要虚心请教当地人,否则真的会错失许多美丽动人的故事。

枣岭(摘儿岭)上肯定没枣啦。

2008年5月28日

山　雨

出发时,已经下起了不大不小的雨。

城市被打湿了,没有了燥热,早晨的街道显得尤为安静。

雨时大时小,平时繁忙的子午大道,今天车辆很少。远远地望见了朦胧的秦岭,想今天的秦岭一定寂静,谁会在雨天登山呢?带着一丝自豪,我们进入子午峪,一会儿,却看到了前面有许多背着包、披着雨衣行走的背影,原来有和我们一样的人,而且越来越多的背影。在路的前面,总能发现歇脚的人,这样的雨天,他们多早儿就进山了?这些迷恋自然的背包族,冬天的雪拦不住他们,夏天的雨挡不住他们,他们已和自然融为一体,或者说,与自然拥抱,已经成了他们的一种生活方式。

秦岭,因了雨的滋润,树木苍翠,花草鲜嫩,空气清新,满眼看去,眼睛也被清洗了,心随之也变得清透。

山路,泥而不滑。有两周没有来了,路两旁的草好像又长高了许多,几乎要掩埋了路,多亏这条路走了许多回,否则可能迷路。昨天肯定牛走过,沿途留下了特殊的标记,话说回来,牛本来就是这儿的一部分。

路边一个开阔的地方,一块巨大的石头上可以休息一下,雨恰好也小了。脱去雨衣,放下背包,拿出开水壶,喝一口热热的茶,把已经湿漉漉的心暖和过来,正在享受,雨点又大起来,没法再坐了。继续上山,平常从峪口上到土地梁,要歇几次,雨中却没有觉得累。

不知不觉,土地梁到了,地还是很阔,风还是很大,只是翩跹飞舞的蝴蝶没了踪影,也不知它们是迁徙了,还是怕雨打湿了它们的薄翼而藏了起来。一串串紫色的野豌豆(赵老师说土名叫毛勺子)被迎风摇曳的雏菊所取代,乍看上去是白色的,细看却是淡紫花瓣,浅黄花蕊,一束要开出许多朵花,高低大小,错落有致。站在土地梁往下看,每一次来,看到的景致都不一样,但每一次都让人迷醉,这就是大山的魅力——能每周定时地把我们从舒适的家里牵引到这儿,且风雨无阻!此时此刻,我从里到外,从上到下,全湿透了,反倒觉得爽快极了。

远看"古道农家"的门关着,主人不在?主人会不会想着雨天我们不会来了,去走亲戚了?到跟前,一推,门开了,原来门是虚掩的。憨厚的夫妇赶忙从热炕上下来,脸上露出惊喜,说:"没有想到这么大的雨,你们竟然来了。"忙活着给我们倒热水,搬凳子。灶房的门口,一筐黄澄澄的杏,主人洗了满满一盘,让我们随便吃,在这儿,满山遍野都是熟透了的杏,也不算稀罕物,但味道却是城里买不来的,真正的杏味,甜甜中带一丝丝酸。坐了一会儿,觉得身体发凉,由外向里渗的凉,女主人忙从柜子里拿出几件干净的衣服,让我们换上,马上暖和起来。花猫和黑猫围着我们的桌子,它们闻到了香味,热腾腾的土鸡汤,鲜美极了,喝了一碗又一碗,头上几乎要冒汗了。吃得差不多了,又一拨人来了,湿淋淋地来了,和我们一样,要在这土屋取得一点温暖。

雨看来没有停歇的意思,我们整好背包,返程。干了的衣服很快又湿了,这种透心凉的感觉,在炎热的夏天,实在是一种享受。

我们正好可以把山雨带回去,驱赶一周的燥热。

三伏不用怕了,因为心里已装满了透凉的山雨。

2008 年 6 月 24 日

自 然 之 子

往年,我对秋天的来临总充满期待:树叶从绿变黄的绚烂,秋风扫落叶的凄凉,细细地品味秋的滋味,感受着自然的季节轮回。而今年入秋后,我始终是麻木的,脑子里空空如也。每天醒来,竟不知自己要干什么,只是机械地吃饭、睡觉、散步、看书、上课,这种心境也常让我不安。我不喜欢现在的状态,可又无可奈何,但怎么也提不起精神来,别人看不出来,只有我清楚自己的变化,和原来的我判若两人。曾让我乐此不疲的博客,竟有好久没有更新了,总觉得写什么都没有意义。我挣扎着,总想改变这种状态,却总没有效果,人至中年,概莫如此吧。

上周六一大早,随登山队进山,这是我今年入秋以来第一次去秦岭。车过沣峪口时,只见两边的山还依然苍翠,我禁不住感慨,今年的秋怎么这么长,和我的心情一样。但过了喂子坪,山的颜色已经五彩缤纷了,正是秋天最美的时候,红叶在绿的陪衬下如此娇艳,黄叶给秦岭增添了一道亮丽的风景。昨夜的雨,恰到好处地洗去了一周的浮尘,使山更清新,泉水更清澈,放眼望去,处处是景,美得无法言说。

我们今天的目的地是东佛沟草甸。处于深山里的鸡窝子,因为有草甸,每到周末就热闹起来,俨然成了一个小小的市镇,蜿蜒的路两边,停满了大小车辆,几十户人家的门口几乎都挂着"农家乐"招牌。通往草甸的山路要走两个多小时，先经过一个红杉林，挺拔的杉树长得足有几十米高，有的叶子已经在渐渐变黄变红，有的已经掉了，松针散落在路上，厚厚的一层，踩上去非常松软。过了杉树林，一片竹林，秦岭里的竹子比不得南方，都是细细的，有的才一尺多高，但生命力很顽强，冬天也翠绿翠绿的。这一段路都比较平坦，过了竹林，路开始陡峭了，也没有刚才的路宽，加上昨夜的大雨，我们差不多是在走水路，好在大家都穿的登山鞋。路越来越陡，走上十几步，就要喘口气，眼看着就要到了，就是到不了，等终于爬上草甸时，我已经累得气喘吁吁了。可眼前一望无际的草甸，让人马上忘掉了刚才的劳累，大家兴奋地喊着、跳着。脚下软软的草甸，像踩在地毯上一样，远远看去，一簇簇红叶树围成了一个大大的花篮，海棠花美丽地绽放着，已经枯萎了的野菊还努力地举着头。我想。秋天的草甸都如此迷人，不知道春天它会烂漫成什么样？

我躺在草甸上，看着蓝天白云，心里安静而幸福，没有了烦躁，没有了彷徨，纯净如赤子。突发奇想，何不在山坡上来一个"驴打滚"呢？我躺在地上，双手抱着头，往下滚动起来，天旋地转，仿佛在云中飘动，等停下来时，我突然明白，此刻的我，才是我！我找回了自己，原来的自己。

仔细想了想，我原本是自然之子，只有在自然中才是最自在的。前段时间，疏离了自然，身陷在尘世之中，被一些无厘头的琐事纠缠得身心疲惫，人也变得暮气沉沉，无精打采。

今天，回归了自然，我也回归了自我。

2008 年 10 月 22 日

叶 落 归 根

去年两次去紫阁峪都不尽兴,却都留下了非常难忘的印象。

第一次是春天,刚踏进紫阁峪,顿觉到了仙境,细雨蒙蒙之中,粉红嫩绿,烟云氤氲,远望敬德塔庙,侧身于万山峻岭之中,孤弱有刚,不由人肃然起敬。塔下茅屋中寄身的两位孤寡老人,正在添盖土屋,相互扶携,他们虽生活清贫,但安闲自在。沿小路上去,土坡上竟还有一屋,侏儒老人亲切地招呼我们在他檐下避雨,他的一双儿女出山打工,他与病中老伴相依为命,寂静度日。后来因雨大,就此返回。

仲秋之后,再入紫阁峪。道在路毁,车被撞得伤痕累累,触目惊心,山中游人寥寥,孑然走到瀑布跟前,水声震天动地,空山秋叶飘零,竟顿感森森,逃命般出山。

前天又再次进紫阁峪。心境与前两次均不同。路虽没有多大改观,但秋景却赏心悦目,加上秋阳高照,蓝天无云,又有几个朋友同行,有了底气,就向紫阁峪深处探行,弥补前两次的浮光掠影。又过侏儒老人门前,他依然温语招呼,只是老人已成孤身一人,老伴九月份过世了,女儿好久没有了音信,我心中不免戚戚。越过瀑布,俨然原始森林,人迹罕至,几乎无法辨路。我们一直沿河道攀登,路似有似无,忽高忽低,一会儿河东,一会儿河西,遇水、遇泥、遇石、遇草,脚下踩着什么,什么就是路,每一步都不一样,让人感到新鲜好奇。虽然爬高下低,因步步不同,却不觉累。偶尔停下来,也是被奇树或者美景所吸引。从节气上来讲,应该深秋了,秋叶绚烂至极,随风飘落在山坡上,把山渲染成一片金黄,一片橘红,或者一片橘黄相间。山里的树,我都叫不上名字,只觉落在地上的每一片叶子都像一瓣花,形状各异,色彩不同,忍不住全都想捡拾起来,带回书房当书签,觉得这么美的叶子躺在这荒山野岭未免太可惜了。我一路走着,一路挑拣着自己喜欢的叶子,椭圆形的、圆形的、条形的;红叶,深红的、浅红的、黄叶,嫩黄的、明黄的,各样都捡了许多,直到把包塞满了,才罢手。

回家路上,小心翼翼地保护着包,生怕一包的秋叶被挤坏了。一到家,带着一丝兴奋,赶忙从包里把它们一个个请出来。但是,我发现,几个小时的路程后,叶子色彩已不再绚烂,形状也已变形,有的都蜷缩起来,兴致也随之灰淡了许多。

第二天起来,再次看到书桌上的叶子,更加惨不忍睹,完全变成了枯败残叶,死气沉沉的,几乎分辨不出红叶和黄叶了,都一样的了无生气。我抚摸着这些曾经绚丽无比的叶子,有一丝不安。原本在树枝上的它们,不仅自己美丽,也给大自然带来了秋天的亮丽,即使飘落在山坡上,也毫不逊色,营造了山坡的浪漫与温馨。我以为把它们带回来,可以保存秋日的美丽。可是,我没有做到。

此刻,我才真正懂得了"叶落归根"的含义。对一片树叶来讲,它最好的归宿应该是树根。它飘零而下,满满地铺满树的四周,经过几次风雨之后,变色、腐烂,最后化为泥土。冬天经过雪的滋养,变成丰富的有机肥,来年春天,为树发芽、开花、结果提供充足的养分。岁岁年年,年年岁岁,生生不息,它的生命在春华秋实里再次得到升华和展示。

每一片树叶投向大地怀抱的时候,不是生命的结束,而是孕育新生命的开始。

　　平生第一次,我面对树叶有了不安。这让我深切地体会到:大自然的一草一木都是有生命的,都值得我们去尊重和爱护,即使是一片枯叶。

2008 年 11 月 3 日

那山　那水　那石　那树

第一次听说有泥峪，很喜欢，因为它陌生，因为它有一种泥土的气息。

预报有小雨，还是没有停下周六出发的脚步。车过沣峪口时，天阴得很重，空气都凝住了似的，不一会儿，雨下了起来。

车行了近三个小时，几经周折，终于到了泥峪。

远远看去，山不太高，清秀奇丽，不同于秦岭里的任何山峰。我们踩石过河，循着一条山路往里走，路边的草有的已经枯黄，有的却青嫩可人，挂着晶莹透亮的露珠，娇羞欲滴，这样鲜嫩的草，不会是夏草吧？一定是晚秋才冒出来的秋草！眼睛一直被路边的秋草吸引着，就忘了往前看，冷不防的，从山上下来个扛着一捆柴的樵夫。刚进山时，这里给人偏僻空寂的感觉，我们还以为是座空山。樵夫看见我们，也是很惊奇的样子，询问我们要去哪里，"去泥峪？"樵夫笑着说，"这不是泥峪，这是水叉。泥峪在你们刚过的那条河的东边，一河之分，河西是眉县，河东是周至。"好心的樵夫劝我们还是返回去，因为这条路走不多远就没路了。无奈我们返回，去另寻正确的路。

通往泥峪的小路上，有几十户人家，错落在山谷里，土墙青瓦，很不显眼，但却耐看，在朦胧的迷雾中，给人神秘的感觉。细雨中袅袅的炊烟,几只狗的吠声,檐前的农人,都让人以为是画中呢。

深处越来越美,山的色彩依然苍翠,竹林挺秀,哪有冬天的荒凉?真是一座奇山,终南山早已是冬天的模样,草木萧瑟,有的已经被白雪覆盖了,这儿却还生机盎然。因为气候不同?植被差异?说不清楚,只有连连惊叹!

一直伴随我们的泥河,溪水清澈见底,没有一丝杂质。中午吃饭时,许多驴友从泥河取水,烧火做饭,方便面的味道中飘了一股清香,泡出来的茶更是沁人心肺。可惜我们几个没有带炉子,没法享用泉水做的午餐。

虽然没有福分享受泉水,却让我有时间仔细观看这水中水外的石头。泥河里的石头,大而圆润,且干净,也许时间久的缘故,有的石头被水冲刷成了墨绿色、赭黄色、黑青色,有的身上还长满了青苔;水外的石头,更奇了,有的大得像一堵墙,有的像一层层的板木,一处山洞里还有一具巨大的石棺,洞壁上写着仙人棺,且不说这石棺里是否有仙人,这么一个巨大的石棺,竟然完全是用一块完整的石头雕凿出来的,就够神奇的了。这具石棺是哪个朝代的?何时被发现的?什么人雕凿的?里面住的又是哪一位仙人?这些问题,我一概不得而知,越发提升了泥峪的神秘度。

泥峪里的树,无处不生,水边、岩石、山坡,过一座小桥时,我发现脚下的桥竟然是树根和石头的结合体,树根缠着石头,石头支撑着树根,彼此供养着对方,合力在两崖之间搭起一座安稳的小桥。有一棵树长在一块石头上,它的根一直扎下来,把石头硬是分裂成了几瓣,树的力量如此之大,大到可以碎土裂石。被风吹来的一粒种子,落在石头上,在雨水的滋润下,慢慢地发芽、扎根,一年年,一点点地往下扎,没有人鼓励,却从不放弃,只为了能活着……多少年以后,终于长成了一棵大树,有了自己的一片风景,连石头都被它感动得粉身碎骨了。可能也只有山树,才有这样的品性和力量。

  这山、这水、这石、这树,第一次相见,让我欢喜,喜欢它的默默无闻,喜欢它的朴素自然,更喜欢它的精神。我懊恼自己,这么好的山水石树才来看。但泥峪并没有因为我没有造访而失色,也更不会因为我的到来而增色。它一直就这样,坚持着自己的坚持,所以它才能一直保持着自己的本色。这让我想起了仓央嘉措的几句诗:

  你见,或者不见我

  我就在那里

  不悲不喜

  你念,或者不念我

  情就在那里

  ……

  不来不去

  默然　相爱

  寂静　欢喜

  是啊,坚持做自己,对世间所爱之人、之事、之物。寂静、欢喜,就好。

2008 年 11 月 24 日

认 识 茱 萸

  立冬已有半个月,不知山里落过几场雪,阴面的山坡上、小路上白雪皑皑,岩边上吊着一串串的冰溜。想起小时候,冰天雪地的,在放学的路上,把冰溜当糖吃,嘴唇被刺得红通通的,浑身发抖,就是舍不得吐掉,非要把它咽进肚里。

  曾经的少女,可以用好奇心融化一块冰,如今过了不惑之年的我,只剩下感慨和回忆。

  经过了春的百花争艳,夏的郁郁葱葱,秋的五彩缤纷,终南山风华褪尽,显露真容。走在冬天的小峪里,天依然很蓝,水依然清冽。有这些,就足以诱惑着我,不肯放过每周一次的翻山越岭。

  我自以为小峪也只有枯败的景色,低头只顾走路,偶尔被泉水、奇石所吸引,停下来欣赏,不经意间,眼睛被山坡上一株挂满红色果实的树所牵引,那是什么树?结的什么果?在满目萧瑟之中,那一株红显得如此耀眼。有了这一株红,山就有了生气,这一株红,分明要给萧条的山一点装扮;春天她不去凑热闹,百花丛中看不到她的影子,因为她知道自己艳不过桃花、娇不过梨花、媚不过迎春花,干脆就躲在一旁,等她们都退场了,她才悄悄地开放。

  从一小山村过,只见许多人家的院子里,晒满了一席子的红色果子，和那一株红一样，一问才知，那是茱萸。

久闻大名呀，今天才识真面目！惭愧自己的孤陋寡闻。早在几十年前，读王维的《九月九日忆山东兄弟》："独在异乡为异客，每逢佳节倍思亲。遥知兄弟登高处，遍插茱萸少一人。"知道世间有茱萸，可从来没有见过，也没有刻意寻找过，想不到今天却意外与它相逢。

这一相逢，竟使我对茱萸有了好感，它带给我的不仅仅是冬天的惊喜，而是它的性格，一种"岁寒，然后知松柏之后凋也"的沉稳之气。

后查得知："农历九月九日重阳节时，秋高气爽，正是茱萸成熟之时，茱萸被认为能祛病驱邪，于是形成茱萸风俗。"且"茱萸果实嫩时呈黄色，成熟后变成紫红色，有温中、止痛、理气等功效。果实呈小粒裂状，味极辛香，可食用，茎、叶可入药，功能暖胃燥湿，为'十全大补丸''六味地黄丸'的重要成分之一。茱萸叶还可治霍乱，根可以杀虫。《本草纲目》说它气味辛辣芳香，性温热，可以治寒驱毒"。

今年的重阳节已经错过了，待到明年，一定头插茱萸枝，臂佩茱萸囊，再来小峪登高，不负茱萸对冬天的眷顾。

2008 年 12 月 1 日

冰 蝴 蝶

在家待上五天,周六就期盼着出发,不管去哪儿,只要出发了就行,因为我喜欢出发的感觉。

这周六的目的地是直峪,第一次听说,也第一次来。

九点半到了峪口,一下车,感到异常冷,尽管穿得很厚,鼻子却冻得几乎不能呼吸了,用头巾把嘴巴、鼻子严严实实地包起来,才算好一点。满地的白霜,整座山看上去,只能用一个词形容——荒凉!记得半个月前去泥峪时,还秋草茂盛,如今却寻不来半点生气,不由得感慨时间和节气的无情,它不会因为人的喜好而停下脚步。

我想今天爬山就是爬山,不会有美景相伴了。

走了不远,见满山的枯枝上有白色的花,以为是秋果残留下的痕迹,走近一看,竟被它完全迷住了。原来是冰结成的,像花又不像花,它那薄薄的双翼,似动非动的样子,简直像蝴蝶,有人说:"干脆叫它冰蝴蝶吧!"多美的名字,而且恰如其分,你看它们一个个晶莹剔透,姿态各异,很优美地伫立在枯枝上,我觉得它们一定是有生命的,否则,怎么那么富有活力,那么巧妙地长成双翼,简直要翩翩起舞!太神奇了,我无法知道它们是怎么形成的,物理学家肯定会有一个科学的解释,但我宁可认为它们就是春蝴蝶在冬天的变异。

我被这些被我赋予生命的冰蝴蝶所感动,在冬天为了不让登山者失望,宁可放弃自己成蛹再生的机会,把自己变成冰,飞舞在寒冷的冬天,给荒山带来生气!这样善良的冰蝴蝶,明年春天一定可以蜕变为美丽的蝴蝶!

　　冰蝴蝶感动了我,温暖了寒冬爬山的我,使我更热爱这自然中的一草一木、一年的四季轮回……

2008 年 12 月 8 日

2009 年

大山的守护人

初春的山,还是荒凉和寂静的。没有花红、没有柳绿,游人也很少。特别是库峪里的太兴山,更是人迹罕至。

我们要爬山,不知从哪入口,一路走去,竟然没有碰到一个可以问路的人。好不容易看见一户山里人家,却在河对面,房前的土崖上蹲着一个人,想问又觉离得太远。继续沿山路往里走,几只喜鹊发出清脆的声音,似在欢迎我们的到来。转了几个弯,一个院子的门口有很响的泼水声,循声望去,已不见了人影。我赶紧走到门口,向里张望,一个老大娘手里拿着红色的塑料盆,想必就是刚才的泼水人,向她打问上山的路,大娘和善一笑,说这里没有上山的路,在我们路过的河对面人家屋旁,才是唯一的路。谢过大娘,又返回去,果然河里有通往对面人家的桥,石头铺在水里的桥。浅浅而清澈的泉水,从石头旁缓缓流过。那个人还蹲在原来的地方,正吃着馒头,见我们先是一笑,算是招呼,眼里有一种久不见人的惊喜。问他这就是上山的路吗?他不言语,只是无声地笑,点头。他的房屋依山而建,有三间瓦房,门开在中间,在房的右手边,还有低矮的一排房。这么大的院子,没有见到有其他人,问他家里几口人,他也总是笑,不说话。在房子的左手边,有一道用树枝编织的栅栏,门也是树枝扎的,通过门,就是一条小溪,过去有一条小路。我们沿小路上山,走了不远,突然听见身后有喊声,喊什么,听不清楚。我回头,刚才的那个人站在栅栏门前,使劲摇着手,可能是示意我们走得不对,指着右边,仔细一看,果然在右边有一条小路,原来刚才我们一直走的路,上不了山,只是通往另一户人家的路。我们向右走去时,他竖起大拇指,并点着头,意思是我们走对了,我大声给他说谢谢,却只看见了背影。

  自我们离开他后,他可能一直注视着我们,在有可能走错的岔路口,喊住了我们。等我们走对了路,他才放心地收回视线。

  在这么荒僻的山里,无缘无故碰到了这么好心肠的哑人,我不知道他是否听得见,但我们却毫无妨碍地交流着,他无声地给了我们帮助,不至于让我们走错路、迷路,我心里热乎乎的,顿觉这荒山生动了许多。

  太阳暖洋洋的,走在陡峭崎岖的山路上,一会儿就出汗了,到达一个小山峰之后,路就比较平缓了,山梁的两边,有的树枝上已挂满了小小的花苞,估计要不了多久,这些花就会开放了,一小片绿绿的翠竹和几棵松树,是荒山里唯一有绿色的地方,现在它们可以尽情地展现自己,独领风骚,等过一阵,山花烂漫时,它们就会静静地躲在一边,陪衬着万紫千红。大自然就是这样,它给每个生命都提供了展现自己的机会,没有厚此薄彼,只是每个生命都必须抓紧属于自己的机会,否则,就可能错失生命中最美丽的时刻。

  我没有想到,在高山上还有一户人家,一个老大娘热情地招呼我们喝水,她的商南方言浓重,我听不大清楚她说什么,但是从她脸上的表情,我可以感觉得到她的高兴,一直说个不停。在大娘院子里歇了一会儿,太阳快下山了,我们也该原路返回了,老人一直恋恋不舍地目送我们,希望我们能再来。很远了,还在向我们挥手。

过哑人家时,他正蹲在门口,他的身边多了一只花猫,他又是微笑着给我们打招呼,我说谢谢他给我们指路,他又是含羞地一笑。我实在不知道能为他做点什么,拿起手中的相机,给他和他的猫、他的房子拍了一张照片,并让他看相机中的自己,他好奇而又开心地笑了。

下次再来时,我一定把这张照片洗好送给他。

回城的路上,那个个子不高的哑人,他那含羞的微笑,老在我脑中浮现,我也突然明白一件事:不管外面的世界如何变化,四季如何轮回,我们什么时候来,大山永远都是这样,让人安静而快乐,因为大山里不仅有清新的空气,更重要的是有一些这样善良而纯朴的守护人。

2009 年 3 月 9 日

走进深山——黄柏塬

这几年,几乎每周末爬一次山,当天去,当天回,只在山的浅处活动。一直渴望能有机会到深山走一趟。

去年,一个老同学去天水,途经太白,说太白是深山里的一个县,优美、寂静。从此,心里就留下了这么一个印象,也滋生了一个心愿,走进深山里的太白。

前几天在西安简直跟蒸桑拿一样,闷得人透不过气来。太白,就成了我们避暑的最佳选择。

果然,这里远离尘嚣,青山绿水,和西安完全两个世界,人一下子也凉爽了下来。据当地一位朋友介绍,县城根本不算什么,到了黄柏塬那才爽呢!到底怎么个爽法,他说你们到了就知道。

恰巧黄柏塬的女乡长要从县城回乡里,可以带我们去。

一会儿,只见一位戴着眼镜,像个大学生模样的姑娘等在路边,我以为她要搭顺车,没有想到这位姑娘就是黄柏塬的女乡长,这么年轻的女乡长,让我们的眼镜全跌落在地。女乡长叫黄美,二十六岁,是省委组织部的选调生。我在想,许多像她一样大的女孩子还正享受着父母的宠爱,她却已经是一方百姓的父母官了,她能行吗?路上我试探着问了小黄这个问题,她笑着说,一开始老百姓不能接受她,三年下来,许多人会主动找她解决问题了。我又问小黄,甘心在这么偏远的地方工作吗？她又是甜甜地一笑说,她觉得能把自己所学的用到实处,就是最快乐的事。小黄话虽不多,我却分明感受到她的成熟和老练。黄柏塬距离县城六七十公里,要翻越三座山,一路上几乎没有碰到车,人更不可能了,茂密的原始森林把山覆盖得严严实实,180度的急拐弯很多,一个弯之后,总会有一番新的景象,让人不断地惊喜和感叹。

  下午四点左右,到了黄柏塬,很安静的一个小镇,不长的一条街道上,邮局、商店、饭店、联通移动营业部等一应俱全,甚至还有一个小巧的广场,有篮球、乒乓球设施。乡政府在广场旁,不大的院子朴素干净,乡书记热情地接待了我们,一行人坐在二楼女乡长简洁的办公兼宿舍里,喝茶休息。后窗外,一棵核桃树枝丫上挂满了绿色的果实,从门望出去,满眼青山,在这样的环境下工作和生活,难怪女乡长少了同龄人的浮躁和俗气,多了同龄人没有的真诚和清纯。乡书记说我们这个时候去湑水河漂流正合适,水温刚好,又不太晒。

  出镇不远,就是湑水河。我们沿河边的路驱车前往漂流的上游,夹在两山之间的湑水河水清澈见底,河底的石头五彩斑斓。等我们到了漂流的出发地,几个工作人员已等在那儿了,我们换好衣服,坐在皮筏上,顺流而下。我是第一次漂流,很兴奋,也很紧张。皮筏在水的冲击下,一下子就能漂出几米,我和老周一条船,他应该算是个老手了,在船快要搁浅时,及时调整方向,使船很快又进入航道。我看见河的两边有许多橘黄色的花,问随行的工作人员,他们说是兰花。我没有见过开花的兰花,原来兰花如此漂亮,特别是在满眼都是绿色的深山里,显得更加娇艳。在我专心欣赏兰花时,我们的皮筏经过了一个很大的激流,人差点要撞上旁边的石头,有惊无险地下来后,又是一块很大的水面,水很静、很绿,像一个湖泊。老周停下手中的桨,感慨地说,漂流就像生活一样,一会儿风平浪静,一会儿惊涛骇浪,起起伏伏地前行着,可生活如果只是一种状态,也太平淡了。

等我们漂流完回到乡上,已是晚上八点多了。吃饭的人家也是我们晚上落脚的地方,小院子拾掇得干净整齐,几串黄澄澄的玉米棒从房檐顶一直垂挂下来,给整个院子添加了一股生气。吃完饭,我们出去散步,才十点多,街道上基本上没人了,路灯把素净的街道照得更加宁静,四面的山黑黢黢的,天上的星星特别明亮,整个镇子静谧温馨。披着星光的我们,享受着山里的夜色,舍不得像当地人一样早早睡觉。散步时,遇到的当地主人,竟然是一只捕蛾的猫和一条逗蚂蚱的小狗。猫机敏地吃掉了不能飞起来的蛾子,一次一个,几乎没有失手过。我们站在旁边,对它的技艺赞不绝口,可它竟然傲慢得对我们不屑一顾,只是继续自己的好把戏;那只小狗把一个蚂蚱把玩得更是有滋有味,看要到嘴里了,又吐出来,蚂蚱刚要动弹,它又故技重演。猫和狗,虽相隔不远,却各玩各的,既不互相干涉,也不相互欣赏,真是各得其乐啊!夜静人安,猫狗自乐,好美的一幅画面。

第二天吃完早饭,告别了小黄和乡书记,我们前往大箭河。这里的风景和昨天的湑水河又不一样,清澈的河水,缓缓地流淌在五颜六色的巨石上,两岸的树木半遮半掩,从远处看,有油画般的质感。继续向前,到了二郎坝水乡,细雨迷蒙下的水乡,绿油油的稻田鲜嫩欲滴,远处的山峦云蒸霞蔚,这么秀丽的景色,让人以为在江南呢。

过不了多远,我们驶出了太白县境,进入了陕南的洋县,到洋县我们想寻访著名的华阳古镇,赶了几个小时的路,却让人大失所望,有着悠久历史的华阳古镇,曾是西晋傥骆道的咽喉之地。可以想象川流不息的商旅,挂着铃儿叮当作响的马帮,悠然自得的文人墨客,官驿疾驰的飞骑,纷至沓来,但眼前的落寞,实在不堪当年的景象。冷清的街道,难见几个行人,两边的房屋新旧相接,土洋结合,不伦不类,广场上正在修建的戏楼,也看不出有任何特别之处。本想在这儿逗留一晚的我们,放弃了这个想法,匆匆吃完饭后,直接回西安了。

晚上八点多,我们从涝峪口出了秦岭。

快十点到家时,大雨滂沱。

2009 年 8 月 1 日

哪样生活更好

这座不知名的山,上周已经爬过了,这周又来了。只因为放不下一山的野菊,一山的幽静。放好车,我向一个大娘打问,南面的山是什么山?大娘告诉我说:观音山。这么好听的名字,肯定和佛有关。

昨晚一夜的雨,山路有点泥,但也不难走。清新的空气里充满了负离子,心肺马上感到清净舒畅,连呼出的气、吐出的字都是干净的。

路边的野菊没有了上周的鲜艳,有的干脆已经败了,但山的色彩却明显浓了许多,红叶黄叶渐渐成了主色调,阳光下的观音山秋色烂漫。

又走到漫水桥边,三岔路口,上次是向南走了,这次选择了向西的一条小路,不知道这条路会给我们带来什么。

果然不一样的感觉,像到了花谷,一串紫色的花儿和远处大片的红叶形成反衬,一冷一暖。小路曲折迂回,有的竟可以有近360度的弯。走上一个山坡,回望来路,在山间围成一条腰带,四处远眺,每处都令人惊奇和兴奋,东面的山头上有一个孤零零的庙,那会不会就是观音佛?下次一定要去敬拜。

穿过一个树林,眼前豁然开朗,一个很大的坡呈现在我们眼前,坡上有一处破败的房子,显然曾有人住过。我们把毯子铺在坡上休息,或卧或坐,秋阳洒在身上,听翠鸟鸣叫,看流云翻卷,好不惬意!正疑惑这座山上竟然没有一个人,突听后面有动静,回头一看,一个小男孩正蹲在坡上,好意外,这小家伙像从天而降一样,我问他:"你家在这儿吗?"他只调皮地笑而不答。"你上学了吗?""上了。""几年级?""二年级。"一口标准的普通话。歇息了一会儿,乏意全消,被小孩吸引,想看看他家,循着小路继续往上走,小家伙每天上学到山下,来回两趟,难怪走起山路如履平地,一会儿就看不见他了。从旁边陡峭的山坡上却传来他的声音,仰看,他正坐在一棵柿子树上吃柿子呢,满脸的红柿,我们请他帮忙摘两个软柿子,他不吭声,却很快从树上下来,把两个又大又软的柿子递给我们,这小家伙做事说话的方式透着一股个性。对孩子光说谢谢,显得太空洞了,于是找出身上的零钱给他,让他买糖果吃,他接了,还是不吭声。不远处,一个十三四岁大的女孩和他说着话,一问才知是他的姐姐。平缓的坡上面,被小路分成两小块菜地,都用篱笆细心地围了起来,分别种着不同的菜,绿油油的,小姑娘站在菜地里,怯怯而好奇地望着我们,从更高的小山坡上走下来一个三四十岁的男人,一边吃着饭,一边招呼着我们,原来我们已不知不觉到了山顶,到了小男孩的家。

　　整个山顶就他们一家人,三间瓦房,一个大院子,两个女儿,一个儿子,一只大黄狗,成千只鸡,还有院子坡下的核桃树、梨树、桃树、柿子树。女主人闻声迎了出来,瘦瘦的,穿着玫红的上衣,头发用大红的发带绾在后面,形成一个髻,她用好奇、新鲜、似乎还有一些羡慕的眼光看着我们,也许我们看他们的眼光里也有这些东西。我说:"你们一家人住在这儿多好呀,这么一座大山都属于你们,你看这里景色多美,空气多好!"女主人笑着说:"我们还想搬下去呢,没办法才住在这儿,有钱的人都下去了。"她身后是一大簇翠绿的竹子,更远处是夕阳下的群山,配上她玫红的衣服,很美的一幅图画。我趁她不注意,拍了下来,但心里有一丝的不忍,因为我从她的话里,更从她的眼睛里读到了寂寞和无奈。也不知道,我刚才的那一番话,会不会让她反感?

  城里人和山里人彼此羡慕着对方的生活,总以为另一种生活才是最好,也是自己想要过的生活。其实不然,每一种生活都有它的好与不好两个方面,城市生活繁华与方便,自然会有压力和喧闹;山里淳朴和清静,也同时得忍受孤独与寂寞。两相比较,很难说哪个更好,关键是看哪个更符合自己内心的需要。选择哪一种生活方式,都不是一个简单的问题,对大多数人来说,要彻底丢弃现有的生活方式,也不现实。比如这家人,虽然渴望走出大山,但几十万元的安家费用从何而来?能否应对和适应山外繁杂的人事?比如我,虽然向往山林生活,但没有了工作,靠什么为生?能否长期忍受隔绝人世的冷清?

  告别了这山顶上的一家五口,我发现自己内心有一个东西在慢慢明确:珍惜当下生活,偶然体验一下另一种生活,做几天山里人、渔夫、农夫……

2009 年 11 月 2 日

邂逅天井山

每周末与山约会,成了我生活中一件快乐的事,渐渐地也成了一种习惯。

尽管预报今天会有大雾,尽管刚刚下过一场大雪,尽管一些队友打了退堂鼓,依然没能改变我和队长照常上山的决定。

乘游9从环山路的子午镇下来,一股寒气扑面而来,赶紧把帽子手套戴上,雾气沉沉,看不见近在咫尺的山。上周还绿油油的冬麦已经被雪盖得严严实实,有一些调皮的会露出一点头,白茫茫的雪把这些不怕冻的麦苗衬托得更加绿莹莹。严寒逼退了许多登山者,往日大路小道上熙熙攘攘,全是从城里来的背包客,今天几乎没有了踪影,难得的清静。

去抱龙峪的路边,一些本已发黄枯败的野草在平时根本不会引起人们丝毫的注意,但今天它们可出尽了风头,雪和冰把它们打扮得晶莹剔透,形态各异,有的婀娜多姿,有的昂首向天,有的像怒放的鲜花。路边的柿子树上,挂满了火红的柿子,风吹不下来,雪压不下来,柿子好像要用这种凛然的姿态,给已经落到地上的叶子一个庄严的目送;那是果对叶的感恩。

一路上,我们被这些草和树牵引着、感动着,走走停停,速度极慢,等到了抱龙峪,已经差不多十二点了。索性就先在农家乐吃点热饭,上山也就有劲了。十几分钟的工夫,饭端上来时,太阳竟然出来了。晒着太阳,吃着臊子面,浑身热乎乎的。

过小桥,从西边一条小路上山,太阳融化了路上的雪,有些泥泞,但也不太难走。到一个山头时,回望来路,此时已经形成明显的阴阳两重天了,东边完全是一片云海世界,山头隐隐约约,刚才吃饭的人家已隐没在云海之中了。脸觉得润润的,好像有细密的东西落下来,仔细看又好像没有,此所谓"空里流霜不觉飞"吧?俗话说"五岳归来不看山,黄山归来不看岳"。错了!面对眼前这云雾缭绕的仙境,又如何解说?我们所在的东边,太阳暖洋洋地照在身上,把山坡上的红叶映得更加鲜亮,我们坐在落满红叶的山坡上,看对面的云雾缭绕,好不惬意!

一路上竟没有遇到一个同路者,以为整座山只有我们两个人,心里滋生了一丝的骄傲,但没多久,这丝骄傲就被打消了,断断续续听到了说话声,我们大声呼喊,很快有了回声,从声音判断,有好几个人。

"你们去哪?"

"天井山。"我头一次听说这山名,正在犹豫是继续登小五台还是随他们。

"你们几个人?"

"两个人。"

"够勇敢的了,跟我们走吧,去小五台路不好走。"

"好吧。"

完全一个"空山不见人,但闻人语响"。

"看见你们啦,继续往前,往右走。"

"好,来了。"我们还是没有看见他们,但却感到了雪山的温暖。往右爬上去,竟然是一条比较大的山路。这是什么地方?秋景竟然还如此浓郁,地上铺满了厚厚一层红叶,树上黄叶依然,前几天的大雪,把山上几乎所有的树都压弯了,独独没有损伤这些树,难道是老天不忍破坏这美景?

走出这片林子,远望,周边白雪皑皑,一派严冬景象,唯有这片林子秋叶绚烂依旧,这样强烈的对比,我还是第一次看到!

前面热心的登山者,每到一个岔路口,就会大声招呼,给我们指路。我俩流连于这难得的美景中,始终不能赶上他们,一个多小时里,我们是在他们的引领下前行的,却总没有见到对方的庐山真面目。直到最后一个山头时,我才看清了,他们共四个人,三男一女,冰天雪地里,四个人的头顶上冒着热气,那是从里到外散发出来的热。正因为这份热,我俩在雪山里没有迷路,也没有感到孤单和害怕。虽平生第一次见他们,我却像见到了老友般激动和亲切。

后面的一段路,六个人相互照应着下了山。

山脚下,有几间瓦房,走近才知是一个寺庙,天井的遗址,一个年轻的修士守着。听修士讲,这天井山来头还不小呢:"相传许多年前,这里草木不生,百姓食不果腹。玉皇大帝得知后,即派西海龙王前来救治。西海龙王到此地后,用龙杖在山上使劲一击,顿时一口大井出现,甘甜的泉水立即涌了出来。从此以后,泉水滋润着周边禾木,庄稼风调雨顺,百姓丰衣足食。由于是上天玉皇大帝赐予的甘泉井,百姓便把这座山称为天井山。"

2009 年 11 月 16 日

2010 年

化 羊 峪

对于爱山爱水的人来说，生活在离秦岭不足百里的地方，实在是一件太奢侈的事。绵延八百里秦岭，一辈子也看不够、走不完。

天气好的时候，心情好的时候，我最想去的地方就是秦岭。

寒露的前一天，就是这样的时候。

本打算去观音山，车过太平峪后，看环山路边有一小路伸进山谷，便临时决定改变路线。约一里路，见有化羊庙，化羊？奇异！想问个究竟，却寂静无人，只有一条瘦狗，棕色的，不知从哪儿而来，不吠不叫，诧异的眼神透着一丝友善。

两株细高的松柏，给有些破败的庙宇增添了肃穆。正对庙门，有一照壁，方方正正的一个福字占满了全部。七八个台阶之上，庙门大开，上有"吾户山水之胜兹地为最"匾额，门里，大大的院落，左右两边、依山朝北坐落了大大小小的庙堂。门口西墙上，满满的字和画，细看，有化羊庙的传说："很早以前，终南山北麓的化羊峪叫作扈阳峪。相传有个牧童在此牧羊，被豺狼吃掉了数只，伤心地痛哭，一位神仙见此情景，遂点石化羊，凑齐了羊数。人们以此传说将此峪改为化羊峪。"好故事！接下来的一句话，让人不由一笑，"也有人说，化羊峪是由扈阳峪讹读来的,不管咋说,反正就叫化羊峪。"口语出现其中,倒显得有烟火味了。显然,写此一段话的人,一定是当地的文化人。下面一首化羊庙赋,洋洋洒洒近千言,古色古香,可能出自文人之手(太长,不引)。一说一赋,一白一文,亦谐亦庄,把个点石化羊的神话渲染到了极致。

　　脑海里马上联想起从小听过的点金术,从未眼见为实过,不知这点羊术今能否一见?带着一份神秘期待,顺山路缓缓而上,山脉林木葱茏,沟壑纵横,小路两边秋草萋萋,雏菊开得正浓,飞蛾闪烁其间,苇絮在太阳下发亮,不知其名的紫色花,引来几只彩蝶蹁跹,一只白猫在豆角地里,回头一望的姿态优雅迷人。置身于无一丝纤尘的天籁之间,纵情其中,完全忘了山外的喧嚣。

　　只是遗憾,化羊峪里始终没有见到羊,哪怕尘世来的羊。出山的时候,倒是看到路边蹲了几只石羊。

　　莫非,羊又化为了石?

2010 年 10 月 10 日

2011年

黑山冰瀑

年前,听说黑山的冰瀑很壮观,想去。快到年关头了,忙忙乱乱地,竟抽不出时间来。

立春的第二天,大年初三,一早醒来,春光明媚,想想无事,决定动身去看冰瀑。

吸引我的,不仅有冰瀑。黑山,这个名字,也让我觉得好奇,有一股匪气和野味。

从西汉高速的纸坊口下去,一路南行。个把钟头,到了沙窝村。步行约半小时,终于看到向往了"两年"的冰瀑,果然壮观。几十米宽、十几米高的冰瀑悬挂在山崖上,像一幅冰清玉洁的巨幅立体画,和周围的灰暗萧瑟形成了一种对比,给毫无生气的黑山增加了一抹亮色。最近气温回升的缘故,冰瀑已经开始融化,上端滴滴答答,形成了一股水帘,下端的冰瀑,依然高大厚实,岿然不动。走在冰面上,稍有不慎,就会脚底滑动,甚至摔倒,站在冰柱下照相,是所有人的愿望,但能成行的只有少数勇者,我属于多数人之列,只能望冰兴叹。

我们常说"似水流年""逝者如斯",比方时间的流逝和流水一样,昼夜不停,不可复返。那么,去年的水,因为寒冷结而为冰,停在半空,长达数月,从去冬到今春,没有变化,水可以止,可以不动,可以不流,时间却一个日子一个日子地流掉了,并没有因为水止而停下,看来,水并不总能说明时间。

时间是无情的,大自然中的任何事物,都无法阻止它的脚步,人类也奈何不了时间。

水却是有生命的。有生命的东西,就会有自己的命运。地球上每一滴水,都有一个自己的命运轨迹。眼前的这冰瀑,汇集了无数滴水,在来黑山之前,它们可能有不同的形态,有的来自晨露,有的来自云端,某一时刻,它们相遇在此,有了共同的遭遇,碰上寒冷,凝结为冰,不能向前走动一步,但正因为这样,它们才有了彼此可以相守的日子。等到春暖花开时节,冰瀑融化,它们的命运会有不同的走向,有的变为溪水,从大山里走出去,流向大江大海;有的可能会继续留在黑山的草木、岩石上;有的还可能被太阳召唤,化成天上的云彩……

其实,无须担心。

水能听,水能看,水它知道生命的答案。

2011 年 2 月 21 日

那 条 小 路

春天。

我喜欢漫山遍野的桃花,盛开在四月的阳光下,哪怕她轻薄;

我喜欢柳丝被风随意地垂落在浐河水边,有水解风情的纯粹;

我喜欢黄灿灿的油菜花和绿油油的麦苗把大地皴染,大气到可以磅礴。

但比起这些,我更喜欢春天坐在暖阳下的一个山头上,远远地眺望,对面山坡上的一条小路,隐隐约约,曲曲折折,从下而上,执着地延伸着,直到看不见了为止。

爬了很多年的山,每每看见远山,有这样一条小路,总忍不住激动,总忍不住要指给同伴们看,总忍不住说下次,我们要走走那条小路。

那条小路,让我思绪绵绵……

漫漫人生,也像那条小路,未走过,会对我有很多诱惑。总想:如果走了那条路,也许我的人生会不同!肯定会不同,但人生不能同时选择两条路走,只能一条一条地走,选择了那条路,意味着要放弃眼下这条路,那这条路上的风景,就得放弃。当你走在那条路上的时候,这条路又成为你的向往。人生没有多少时间可以从头再来,当你半途要放弃原来的选择时,也许已经身心疲惫,无力举步了。大部分人,缺乏重新选择的勇气,虽然在选择的路上被伤得瘢痕累累,也只得一直走下去。只有少数勇者,敢于从头再来,但谁能保证,这样的选择不是两败俱伤？所以,选择哪条路,都会有收获,也会有遗憾。没有遗憾的人生,显然是不可能的。

恍然大悟,原来我喜爱爬山,非仅仅因为我爱自然,更重要的缘由,爬山可以弥补人生遗憾。

爬一座山,今天选择这条小路,下次可以选择那条小路,下下次,还可能有第三条小路等着你。每一条小路不同,沿途的风景也会不同。

2011 年 4 月 20 日

2012 年

山路是走出来的

这个题目听上去有点别扭。

别扭缘于前几日的一次爬山经历。

新年的第二天,原打算继续宅在家里,躲避可怕的霾。起床后,习惯性地掀开窗帘,老天给了我一个大大的惊喜,太阳出来了,空气透亮清新,和昨天完全两重天。这样的良辰,一定不能辜负,在我想来,最佳的选择莫过于爬山了。

去年盛夏爬过一次天子峪,记得还到山上的至相寺虔诚地拜佛烧香,祈求佛祖能佑护我所爱的人。寺门外东边的一条小路直接一片树林,树虽不是很粗,但株株直冲云霄。沿着林间小路,直上山梁,视野极为开阔,俯视,抱龙峪近在眼下,梁上野花盛开,凉风习习。

这次也就不假思索,再上天子峪。

寺庙正殿东侧的小屋外,"念佛者是谁"的小木条依然挂在门口,这个小木条曾让我思量了许久,简单的几个字,其实大有来头,是禅宗著名的话头公案,非我等俗人所能通晓。又见这几个字,再生敬重。

寺后的松林,冬月里并不显得萧条,厚厚一层落叶,绵绵软软,踩上去吱吱响,枯黄一片,却觉暖暖的。山梁上,极目远眺,白雪被太阳照得白晃晃的，这应是冬天以来看到的第一眼雪了。

开阔的蓝天下，坐在阳坡上，一边喝咖啡，一边和朋友闲话，这样的日子久违了！

我知道，我还是最喜欢这样的日子。

冬天的太阳，总是要早早地走，差不多四点了，有了一些寒意。我们决定下山了，不想走回头路，看见半山腰有条山路，蜿蜒着可以返回到山脚下。于是，我们顺着山梁往下走，快半个时辰了，却始终找不到我们刚才看见的那条路，也看不见之前的参照物。奇怪，这么小的山，像变魔术一般，突生出这么多小路，但每条路走一段，都看不到希望，方向也全然不知，眼看着天要黑了，大家最后决定，放弃探路，还是按原路返回，但是原路返回有点远。或者从我们所在的地方，爬到山梁，就可以辨别方向了。往上看去，要上去，没有路，而且还很陡，正准备放弃时，突然我们发现不远处有一条小路，通往山梁，走了一会儿，看见了一个茅草屋，再近，狗吠，有人家啦！一会儿，一位大娘出来，为我们挡狗、指路，走了几十米，看到了寺庙，悬着的心才放了下来。

记得我的一位老驴友曾说：山路不是看出来的，是走出来的。当时还不以为然，今天才明白此话的意味。

2012年1月4日

2014 年

再上平和梁

四五年前,和几个朋友上过平和梁,那已是深秋时节。穿越松树林,松针落了厚厚一层,踩上去,软软的。爬到梁上,视野极为开阔,到处都是泛黄的草甸、山坡,还有阳光下闪闪发光的白色绒花,我们用泉水煮方便面、泡茶,那一天的快乐和兴奋,就此留在了心里。

国庆前,外地的慧子说她要回来过节,我当时闪过的第一个念头,就是带她进秦岭上平和梁。我固执地认为,只有到这里,才能让她找到真正的快乐。林、丽、鸿,也都应了。从年少一路走过来,剩下的就这几个,已经臭味相投了。前一天,我们六个人挤在鸿的车上,午后两点出发,从沣峪口进山,沿途经喂子坪、鸡窝子,到达终南山的最高点——分水岭,本想去光头山,却因有塌方不能前行,大家稍有些扫兴,但登高望远,看到秦岭层林尽染、满目秋色,很快又兴奋起来了。

晚上,我们停歇在秦岭之南的小城——宁陕,和关中的县城不同,这里没有规整的街道,而是夹在两山之间的弯曲小街,一条河穿城而过。城虽小,却并不冷清,尽管已是晚上九点,依然灯火明亮,歌声飘扬。几个小饭馆还都客满,后来我们在稍偏的一个饭馆才找到张桌子。奔波了一天,几个老友可要好好喝一下。老朋友聚在一起,吃饭只是由头,借此说说话才是正题,借着酒劲,说过无数遍的陈年旧事,每次都能生发出新意,且每次都乐此不疲。这样的时刻,往往让人有一种错觉,好像回到了从前。

酒足饭饱,已是午夜,小城静静的,没有了声息,抬头看见月亮和久违了的星星。

第二天,睡到自然醒,拉开窗帘,阳光充足而透亮,我们慢悠悠地走到不远处,一个小坡的农贸市场,吃早饭,正宗的豆浆油条。路的两旁摆满了各种新鲜的蔬菜和山货,有野生的板栗、核桃和猕猴桃,这些都是当季鲜货,还有木耳、香菇之类的干货。

不管长、短旅行,我最喜欢这样的时刻,一觉醒来是异乡,恍惚、新鲜、刺激、兴奋,最重要的是轻松,完全逃离了旧有的生活。这种早市,也是我最爱逛的,不会碰到熟人,又有许多不一样的货色。晃晃悠悠逛完吃完,已近中午,真真把早饭吃成了午饭。只有老朋友在一起才知道时间都到哪去了。

今天是10月2日,又恰逢重阳,一个本该和我们没有多少关系的节日,也被丽用来和我们牵扯,她说:"我们都是半百之人了,今天过一个登高望远的重阳节。"

从宁陕开往平和梁的一路,如画廊一般,秋高气爽,植被繁茂、色彩丰富,加上山路曲折、变化多端,我们不住地感叹:"太美了!"到了平和梁门口,整理好行装,我们开始登山。松树林里的小路,依然铺满了松针,只是比上次要薄了一些,可能时候早了一些。一路上,碰见零零星星下山的人,听口音,很多像是四川人。

一路上,远远近近地,秋叶的美丽,让我们惊叹、驻足、拍照,都老大不小了,玩闹起来却像孩子一样。一个小时,我们登上了梁顶。几年不见,它依然美好!我走在最前面,看见蓝天白云,看见一簇簇的红叶,看见柔和开阔的山坡,顾不得还气喘吁吁,兴奋地大喊伙伴们快点来。在一个坡地,我们席地或坐或躺,看云卷云舒,望远坡的渐黄渐红的树叶,天南地北海阔天空地聊。歇息差不多了,顺着蜿蜒小路继续走,两边的草已经枯黄,但厚厚的,踩上去像块毯子一样,我真想抱着头顺坡滚下去,滚它个头晕目眩、天昏地暗的。唉,还是算了吧,毕竟一把年纪了。不能滚,总可以跳吧,我们几个人一齐往起跳,此起彼伏,欢呼雀跃,此时此刻,我相信大家都忘掉了自己的年龄。

乐就过得快,钱锺书说这就是快乐的意思。一点不错!不知不觉,已经下午四点了,我们必须马上下山了。我们吃完早饭到现在还没吃午饭呢。六点多,天色已经暗下来,我们赶到了蒿沟,找了一个靠近泉边的农家。林马上开始支烤架,升火,不到半个小时,当第一把烤羊肉串上桌时,饿了几个小时的我们,简直如饿狼一般,一哄而上就抢。没想到,林的烤肉手艺还真不错,火候、味道堪比老行家,烤牛肉、烤鸡翅,还有烤香菇、茄子、豆干、玉米,简直要撑破肚皮了。我们饕餮时,林一直坐在烤架旁,看着大家狼吞虎咽的样子,林很开心,脸被烟火和油熏烤得又红又亮又油,我们谁要换他,他都不放心。等我们实在都吃不动了,他才肯停下来,胡乱吃了几口。每次只要有他在,我们几个女同学都可以享受公主般的待遇。战场收拾干净,告别好心的主人,我们趁着月色,顺着蒿沟,上了西汉高速,晚上十点多回到了西安。

人生的每一次旅途,因为旅伴不同,会有不一样的收获。

这两天的旅行,虽然短暂,一路却充满了欢笑。

我喜欢这样的感觉，喜欢这些老伙伴，我会把这两天珍藏在我的记忆之中。

2014 年 12 月 20 日

2016 年

天 池 寺

午饭后,外公外婆想带——去山里,走走路,晒晒太阳,喝喝茶。——一开始说去,临走,又变卦不想去,要和妈妈在家玩。外婆出门,但——又要去。于是三人成行。

上车不久,——睡着了,一路睡到山里,醒来时,已到了土门峪的天池寺门口。外婆叫醒她,睡眼惺忪,看见山,笑了。

拄着登山杖,戴着口罩,一步步跟着外公外婆往山上走。

半小时后,外婆寻到一处山坡,铺上毯子,开始泡茶,簇新的户外茶具,精巧细致,白色的,衬得普洱如琥珀一般。祖孙三人,对着不太暖的太阳,频频举杯共饮,——早些时候已经被外公熏陶得会喝普洱了,在这么广阔的天地里喝,她觉得更好喝。丑橘、苹果、酥梨、巧克力、葱油饼干,配为茶点。整个山里,除了几只喜鹊来凑热闹,非常寂静。

茶点后,外婆带——沿小路"探险"。冬至后,山色萧条,但并非全无生气,小路两旁,小草还有绿色,有的简直生机勃勃,外婆说:"这些小草好勇敢,这么冷的天,竟然不怕。"——应声:"我们人类也很勇敢呀!"——的言下之意,外婆了然。

一小片芦苇,白色的花絮在阳光下闪闪发亮,枯藤上的红果子,若隐若现,但已是山里最艳丽的了,一一说:"摘几颗吧,送给老奶奶和妈妈。"

冬天的山里,午后三点多,已经寒气逼人。我们收拾行李,下山了。一一几乎是一路蹦蹦跳跳跑下去的。

上车前,我们进天池寺看看。和几年前不一样,这里建了不少庙堂,规模大了许多,但却是个空寺。刚进门,新修了一个十几平方米大的天池,拱桥下面,浑浊的水里,有许多金鱼游来浮去。我印象中,这个寺里的墙壁上有一些动物的铆钉。于是,带一一寻找,还在,只是重新粉刷过,螃蟹、飞鱼、小鸟等,虽小,但都惟妙惟肖。后来,快要出寺门时,发现寺里所有的庙堂房檐,都有动物造型,狗、狮子、野狼,马等一些大型动物,莫非天池寺和动物有关?也不无可能!莫非佛寺用这种方式启示人们,善待自然,爱护生命?也不无可能!

回到家,已是傍晚。

2016 年 12 月 26 日

2017年

和茱萸的缘

最早对茱萸的认识，来自二十世纪八十年代初大学时，读王维的《九月九日忆山东兄弟》。但只是闻其名，未见真"人"。第二次见茱萸，也是八九年前了。秋天，去秦岭小峪爬山，山里人用大大的簸箕晾晒红红的果子，初以为枸杞，好奇，近看，比枸杞长点，询问才知，是茱萸。说可以入药可以泡水喝，有强身健体的功用。山民豪爽，让随便拿。怎好意思？于是，登山时，见满山遍野的树上还有星星点点遗漏的茱萸，便随手采摘了一些。回家后放入酒中，泡到水里，也未见明显的强体。

随后，茱萸被遗忘得干干净净。

直到去年春天，网上有"中国山茱萸之乡"佛坪——十万亩茱萸花开放的报道，再一次勾起了我对茱萸的记忆。茱萸果见过，也算吃过了，但茱萸花，还真没有见过，更不晓得长什么样？几个老友相约周末去看，但临近出发，阴雨绵绵，只好取消。再约，再因雨水，取消。因兴而起，不了了之！今春三月，几个老友又一次约定去佛坪看茱萸花。出发前，天气又开始捣乱，佛坪周末有雨。因为佛坪地处山区，雨天不敢贸然前去。只好作罢。哎，茱萸花啊，茱萸花，见你就这么难吗？不承想,三月的最后一天,竟在秦岭石砭峪的小马杓,见到了茱萸花。我们沿着山路上行,泉水叮咚相伴,水清见底,沟两边的山坡上,有很多的茱萸树正在开花。远远看去,不很抢眼,走近细瞧,姜黄色的茱萸花,一小簇一小簇的,散散地开在树枝上,不甚浓密,却自有一种姿态和气质,非常耐看。逆光下的茱萸花,更是晶莹剔透,百看不厌。茱萸花,原来这般美好!难怪杜甫要"醉把茱萸仔细看"。从此,我可要年年把茱萸花仔细看了。

2017 年 3 月 31 日

2019 年

与一只刺猬的一周

爬山二十多年了,秦岭的许多峪口都去过,也见识了一年四季大自然的荣枯兴衰,以及飞禽走兽,大的如大熊猫、金丝猴,小的如野鸡、松鼠。春天时,山里的蝴蝶最多了,特别是有水有花的地方,蝴蝶成片成片,满山飞舞。

上周日,又去山里转,随意进了一个峪口,以为无名小山,进去走不远,被一个铁栏门挡住了。原来是康峪,南五台山林场。难怪路面开阔,却无人涉足。我们也只能望门兴叹,悻悻而归。

久未下雨,路旁小沟没有流水,一只蛤蟆跳了出来,寻水喝。懒得理睬它,它的出现,倒是提醒我们也该歇歇脚喝口水了。一个较开阔的地方,有几块石头,正好可以坐下来,石头旁边是一个小沟。正剥橘子吃,忽觉沟下有动静,于是循声下沟,树叶下竟是一只拳头大的活物,圆滚滚胖乎乎,灰黑色的刺。刺猬?哇,这可是我爬山以来第一次见到的刺猬。好奇和兴奋,如孩童一般。

如果——看见,一定也和我一样兴奋吧。因为她只在动画片里、绘本里看到过刺猬,真的刺猬还从没见过呢!

一面正为——不能看见刺猬而遗憾,一面又有了为——把刺猬带回去的想法。于是,拿着后备厢里的小桶和铲子,小心翼翼地把刺猬放进了小桶里。一个小时后,刺猬回家了。

　　一一见了果然开心,但也不敢用手摸。找了一个纸盒当刺猬的家,用一个小盖子盛水,把猫粮撒了一些。刚开始,因为陌生紧张,刺猬把自己完全蜷成一个圆,后来观察没有危险了,开始又吃又喝的。吃饱喝足了,又把自己蜷起来。家里的猫,一直盯着盒子里的刺猬看,虽然吃了它的粮食,却敢怒不敢言,更不敢动。

　　晚上刺猬活跃得很,一直在箱子里翻腾,发出很响的声音,吵得人都不能入睡,只好把它关在阳台外面。又怕它冷,移到厨房。

　　这下好了,本来忙碌的生活里又添了一件事。每天回家,先要照顾刺猬的吃喝拉撒,其实这点累倒不算啥。

　　但是慢慢地,心里有些不安了,对刺猬完全不了解,唯恐喂养不当,害死了它。上网一搜,更让我忐忑,说野生刺猬属于国家二级保护动物,不能随便家养。有些地方还把它奉为山里的四仙之一。天哪,不小心,请了个神仙回来。

　　于是,我更加小心翼翼地呵护这位"仙儿",给它充足的水和粮,甚至给它削苹果吃,只求它好好活着。它也渐渐与我熟悉起来,我给它喂食时,它不再蜷起自己,而是舒展着,甚至用黑豆一样的眼睛看我。

　　到了周六,雨一直下着,但我已经下定决心,今天风雨无阻,一定要把它放生。

　　早晨一起来,我去厨房看它,竟然不见了。发现箱子底下有一个小口,难道它有预感?知道今天要送走它,躲了起来。我心里开始慌乱起来,它躲在无人知道的地方,没吃没喝的,死了怎么办?唉,真是罪过!以爱的名义,反而误伤一个生命,这个爱就太残酷了。这可是我不想要的。

我们全家开始在厨房四处寻找，想它不可能爬到厨房以外的地方，因为昨晚我把它放进来时，怕吵，特意关紧了门。冰箱后墙之间的缝隙找遍了，没有。去了橱柜？所有的橱柜门都紧闭着呀。正在焦虑时，发现一个橱柜的门有一点点缝隙，我拉开一看，它仰着头蹲在里面。我像见到了久违的老朋友一样激动，赶忙迎上去，把它接了出来，放在一个新盒子里，它瞪着一双小小的黑眼睛，看着我，听我给它说话："其实我也不想送你走，但我怕养不好你，你还是回自己的家吧。"

　　吃过早饭，给它备好粮食，我们冒雨出发了，一一坚持也要去。因为下雨，路上、山里空无一人，我们很快到了康峪，草木葱郁，山岚氤氲。车停好后，打着伞，步行到上周见到刺猬的地方，把它放回原处，希望盒子可以给刺猬遮遮雨。

　　回来的路上，心里轻松了，放下了对一个生命的牵绊。但心里似乎又有了一丝的牵挂，想秦岭山上这只小小的刺猬，它会长大，会历经刺猬正常的一生吗？

2018 年 9 月 16 日

土 地 梁

十年前,和一帮老朋友经常从子午峪穿越到枣岭,土地梁是必经之地。倏忽间,竟有十年没有再走过这条路。但也常想念这条路:这条路上四季的不同风景,印象最深的是,春天水边成群的蝴蝶,秋天五彩斑斓的色彩,冬天金黄色的芦苇;这条路上的四道弯;"古道农家"的油泼面,带着山野味的韭菜饺子;以及在这条路上我们说过的那些话……没有想到,十年后,冬至后的第一天,心血来潮,再一次登上了土地梁。土地梁容颜依旧,只是物是人非,有些朋友已经走散,而我也老去了十岁!

十年间,我经历了人生的大喜大悲。得到了我生命中的至宝,可爱的外孙女——。失去了这个世界上最疼爱我的人——我的母亲。虽然如此,今天我并不伤感,反而有一种强烈的感恩之情:我感恩我的家人在十年中给予我的支持和包容,让我过着自己想要的生活;感恩我的老朋友、老同学,给予我手足般的情意和关注,分享我的快乐,分担我的痛苦,给予我最大限度的帮助。谢谢你们,谢谢和我这十年息息相关的你们,让我的十年如此丰富和厚重。

有趣的是,今天在土地梁上,冰天雪地,荒无人烟,竟然遇到了一只花猫。它不像其他山猫,看见人就躲开了,相反,这只花猫一直黏着我们,我们坐在雪地上喝茶时,它就蹲在我的脚边,我想,它一定是饿了,拿出包里的麻花,嚼碎喂给它,果然很快就被它吃光了,我又一次这样喂它……直到它不再吃了。可它吃饱后,并未离开,依然卧在原地不走。我们下土地梁时,它"喵喵喵"地叫着,似乎在说,欢迎再来!莫非,这只花猫是土地梁之神的使者,用这样的方式欢迎久违了的朋友?中午进山时,开始飘零星的小雪花,快到土地梁时,雪花大了一些。五点下山时,几乎不下了,但天依然阴着,走到山口,拐过一个弯,抬头一看,天上竟然有淡淡的火烧云,再一个弯后,一个陡峭的山头像只猫,卧在那儿,耳朵竖立着,十年前我怎么从来没有发现?莫非它是土地梁上那只猫的化身?

2018 年 12 月 25 日

登山日志选

DENGSHAN RIZHI XUAN

记得当年和登山队登山时，老蔡曾说：我们几个就这样结伴爬山，一直爬到八十岁。才几年过去，登山队就自然解散了，生病住院的，年老失忆的，甚至还有一位已经去世了。可叹：人世间没有永远的永远，只有永远的无常。但是我不想因此而停下脚步，因为大自然对我有无穷的吸引力。于是，我和先生，有时还有小孙女——，偶尔女儿也参加，组成了一个家庭登山队，在不是恶劣天气，没有别的事缠身，这两个条件都具备时，我们几乎每周一山。每次登山，身心必有所得，我也几乎每次以日志方式记录，不觉竟有近百篇。这里选录了部分登山日志。

2019年3月9日　周六　晴

  今天原本想去石砭峪的龙窝沟,临时改道去了石砭峪的观音庙。天气晴朗,一路上遇见很多人。我们从一个岔口爬山,路窄,全是落叶,虽然山依然荒凉,但每拔高一点,看见的景色就不一样,越高越大气越壮美。山顶上有几间旧房,竹篱围了起来,木门紧闭,门口写着"闭关勿扰",我们也马上收起嗓门,不再高声说话,只低语交谈。索性,我们也让自己"闭关"一会儿,静静地坐在门口,观赏重峦叠嶂的风景。

  几十分钟后,顺路而下,遇到一个健步下山的人,看起来四十来岁的样子,交谈后才知已是六十有余的人,且今天爬完了五台山。太让人惊叹了。看来爱爬山会让人年轻和快乐。

  不由得想起英国著名登山家乔治·马洛里在回答记者提问:"你为何想要攀登珠穆朗玛峰"时,他回答:"因为山就在那里!"

  虽然没有人问我:为什么要每周爬山?

  我会借乔治·马洛里的话自问自答:因为秦岭就在那里!

2019年4月14日　周日　晴

听说子午峪的凤凰岭不错,今天我们也乘兴而去,结果导航把我们导到了鸭池口,将错就错,上了鸭池口。

多年前和朋友上过,今天正好重温一下老路。路上的那些树,那些草,那些花儿,依然还在,只是看它们的人已经变了。

登上山顶,子午峪那条山路清晰可见,远处山峦起伏,新雨后,青翠欲滴,一片片白鹃花盛开着,木通花、忍冬花、丁香花虽然稀少,却也娇艳养眼。

坐在山顶上喝茶,吹着柔和的春风,看着四周的山峰,感觉非常满足和幸福,似乎沾染了一周的尘埃也随风飘散了,人格外神清气爽。

……

五点多回到家,吃完饭后百度了一下鸭池口,因为这个名字一直不解,共有三种说法:

第一种说法。《长安县地名志》说,因为村子地处终南山鸭池峪口,原为翠微宫出山的路口,为"阿寺口",地方方言,"阿"读为"窝儿",意为"那个寺口"。清嘉庆《长安县志》仍记名为"阿寺口"。《城宁长安两县续志》同《元史》记为"鸭池口",盖因"阿""鸭"谐音而来。

第二种说法。据乡贤老张裕仁先生说:鸭池口村南有"经(金)庵寺",初俗名"阿寺口",此后唐僖宗借李克用回纥兵攻夺长安城,大将蒙克利马在阿寺口屯兵,认为地名不祥,改名为鸭池口。

　　第三种说法。贞观二十二年(648)夏六月,唐太宗李世民在翠微宫养病,病初愈,群臣上表祝贺,时西域天竺国王派使臣穆罕默德·撒那儿奉表拜安,并献上金鸭一对。玉匣儿打开之际,金光灿灿,辉映庭宇,有红云一团,在太宗头顶上盘作龙形,瞬间向长安城飞去。满朝文武惊得目瞪口呆,以为天降祥瑞,连忙跪倒,三呼万岁。唐太宗喜不自胜,重赏来使,并赐其国王彩缎千匹,武夷山云雾茶两箱。散朝后,太宗回寝宫,早有才人武媚娘接着,太宗让武才人启匣观玩,只见金光染作粉红,化成桃萼千片,徐徐地散落在武才人的头上、身上。太宗顺手将西使贡献的玉匣金鸭儿赏给了她。据《旧唐书·太宗本纪》载:次年(贞观二十三年,649)四月己亥,皇上到翠微宫。乙巳皇上在含风殿去世,时年52岁。遗诏命太子在灵柩前即位。丧事应按汉代制度办理。暂不公布天子逝世消息。庚午,派先帝旧将统帅飞骑营的精壮士兵随从皇太子先回京城。派出六府甲士4000人,分列于道路及安化门。先帝所用的车马及侍从官吏都和平日一样。壬申,才公布太宗逝世的消息。太子扈从和先帝遗柩都从东沟下山。唐太宗停柩期间,武才人日夜守灵啼哭,悲不自胜。武才人取出金鸭浴水,不料一对金鸭拍翅浮波而去,游至潭心,嘎嘎鸣叫。文武大臣及扈从将士临潭叩拜,以为随驾而去。此后便呼神潭为"金鸭池",省字曰"鸭池"。咸通六年(865),寺废,有人来居,渐居渐伙,遂成村落,才有了鸭池口的村名。

　　我更喜欢第三种说法。

2019年7月21日　周日　多云转阴

记不准今天是第几次进抱龙峪了,应该不在二十次以下吧。印象最深的,有一年冬天,看到了抱龙峪里的莲花冰瀑。悬崖上的一股泉水直泻而下,大约有二十多米高,冬季山里寒冷,一滴滴泉水日积月累凝结成冰,最后竟形成了巨大的莲花状。当时我看到后,惊讶不已,觉得大自然太神奇了。此后多次冬季进抱龙峪,想再看到冰莲,但从未再现。

每次来抱龙峪,都止于瀑布这儿,没有往上走过。

今天过了瀑布后,我们继续上行,爬过几十米陡石后,路开始平缓,且一路泉水叮咚。这才知道,山上有山,瀑上有泉。山里一会儿阴,一会儿晴,湿度很大,小路山石草木全湿漉漉的,有蜘蛛网的地方还挂着晶莹剔透的露珠。

我向来喜欢一边走山,一边观赏山里的各种植物,特别是没有见过的。我发现每个峪口都有自己独特的一些植物,今天发现了几个新的:落新妇、烟管头草、凤仙花、牛蒡、水旬子、糙苏、橐吾等等。一棵长满青苔的老树上,远远看去像星星点点的小红花,走近发现是长出的新芽。

快到山顶时,泉水渐渐消失,到山顶时就彻底没有了。山顶非常开阔,山峦起伏,云雾缭绕,先我们登顶的有大大小小七八个人。我们寻一处静处坐下休息,喝茶吃凉皮。突然,听到头顶沙沙作响,有一孩子喊下雨了,山里下雨,人感觉比较迟钝,因为树木茂密,把小雨挡住了,一会儿雨大了,才感觉得到。

　　第一次登上抱龙峪山顶,不想因为雨匆匆而下,我们继续雨中品茶,直到壶中热水一滴不剩了,才收拾东西准备下山。这时,雨不仅停了,太阳竟然又出来了。哎,山里的天气跟孩子的脸一样,变化多端。

　　我们下山,有人才气喘吁吁地上山。

　　等我们再次过瀑布时,我认真地看了一眼。是的,我不再神秘你从何而来,你来自自然中的空气、云朵、树木、花草,一滴一滴,聚集在一起,成了泉水,遇到峭壁,勇敢一跃,壮烈成瀑。

2019 年 8 月 31 日　周六　小雨

早上起床，天阴，女儿送一一上舞蹈课回来说，下雨了，你们还去爬山？大姑姐也发来微信问：预报有雨，还爬山吗？我走到窗前，打开纱窗，手伸出去，有雨滴，问老公，下小雨了，还去爬山吗？他坚定地说：爬。我心里窃喜，正合我意。

烧水，准备茶叶茶具，水果，选好衣服，约好九点半出发。我又在楼下买了两份张军擀面皮带上。差不多快十点，我们出发了。

很快进入高速公路，但雨点滴落在前窗玻璃上，越来越大，心里有点担忧，怕到了山下雨大进不了山。看天，似乎又不太阴沉，果然一会儿雨停了。

二郎山有好多年没有来了，差不多五六年。可能因为我们向来喜欢上无人管理的野山，二郎山被冠以风景区，有门，有票，所以几乎忘记了它的存在。今天下雨了，有人管理的山路不太泥泞。

记得二郎山进山不久有一个冰瀑，冬天非常壮观。今天我们先去找冰瀑，现在应该是瀑布吧。今年入夏以来，立秋之后，雨水比较充沛，我对瀑布的景象抱有很大的希望，已经走到了亭子，还没有听到瀑布声，觉得有点诧异，但发现亭子外面的弥勒佛还依然像五六年前一样，面北坐在那儿笑。我们继续往上走，到了瀑布下面，大失所望，压根没有了瀑布,甚至水帘都没有,只有细细的水从悬崖上往下渗,突然明白,路口标志写的冰沟,原来只有到了冬天,日积月累,悬崖上渗出来的水结成冰,才渐渐地成瀑。原来冰瀑未必需要瀑布才能形成。我们返回亭子休息喝茶,我仔细端详亭子外面的弥勒佛,安然坐卧在冰沟下,依旧笑得那么开心,见了他,不由人也要开心一笑。

喝完茶,我们告别弥勒佛,继续上山,发现这里像没有人来过一样,植被茂密,泉水清澈透亮,山路蜿蜒起伏,野花非常艳丽。深山之中,一块巨石卧在山谷之间,石上有泉,长年累月,泉水把石头冲刷得五彩斑斓,我们坐在巨石上面,又开始喝茶吃凉皮,看云听水,一只大蜜蜂也来凑热闹。

三点多,我们折返。

我没有想到,二郎山好久没来,今来了,我竟喜欢上二郎山,喜欢它山的翠、水的清、花的艳,尤其喜欢冰沟下弥勒佛的笑。

2019年11月30日　周六　雪

最近因为装修等杂事,荒废了每周一次的爬山。今天虽然天阴地沉,却有一天空闲,遂动了进山的念头,加上许诺过——:冬天带她去山里看雪。

我以为今天能让——看到山里的积雪,就不错了。

没想到我们十一点进入大峪口时,天上飘起了雪花,而且越来越大,雪花虽然称不上鹅毛大雪,却下得越来越密。车行到柿子茅棚时,已经完全是一个冰天雪地了,——兴奋地趴在车窗上,一直往外看。

冬天对——有两大吸引,一是下雪天玩雪,二是过圣诞节。

今天是——今年看到的第一场雪!

我们把车停在路边,准备上西翠花。一路上几乎没有游人,碰到两个拉沙子的山里人正在发动车子,看到我们带着——,惊讶地说,这么冷的下雪天,带娃娃来,小心把娃娃冻感冒了!我说,没事,娃娃想来看山里的雪,城里看不到。

我们往上走,雪越来越厚,——和外婆用登山杖在路旁厚厚的积雪上画爱心,一路走,一路画,一气画了十个。

一个小时后,我们到了西翠花人家,院里一大片雪地,干干净净、平平展展,没有一个脚印,外婆和——躺在雪地里打滚玩耍,我们的喧闹声打破了深山的寂静,几只看家护院的狗此起彼伏地叫嚷起来。

原先来西翠花必吃饭的农家,只有老两口留守着,夏天热闹的农家小院如今冷冷清清,我们坐下来喝点热茶,暖暖身子,老头从屋子里出来招呼我们。我们边喝茶边和老人闲聊,儿子一家回山外的家了,他和老伴舍不得离开老窝,靠热炕抵御山里的寒冷,好在还有几家相邻做伴,刚才我们碰到的拉沙人,就是他的左邻,正在盖一间泥草房。我们喝茶时,一只小黑猫从屋子里跑了出来,慢慢地靠近前来,吃着地上我们掉的石灰窑点心碎屑,一一把袋子里所有的碎屑全倒给小猫咪。

山里的温度异常低,走着时感觉不太明显,坐下来,尽管还喝着热茶,一会儿工夫,觉得浑身冷飕飕的,实在坐不住了。我们收拾好背包,告别了老人,开始下山了。

出峪口时,雪几乎不下了,四点多回到家时,和山里完全是不一样的世界,阴沉沉、灰蒙蒙,连小雪都没有下。

外婆问一一,你喜欢刚才山里白茫茫的世界还是眼前的世界,一一毫不犹豫地说:喜欢山里白茫茫的世界!

2019年12月28日　周六　阴

今天是2019年最后一次登山。这一年共爬山三十三次。

上周六因为——生病,没有爬山。这周五——基本康复,我们可以安心进山了。

十一点左右到了大峪的柿子茅棚,这里白雪皑皑,和山外的世界完全不同。天很蓝,雪很厚。忘了带冰爪,走起来有点滑。特别是第二个瀑布往上,有一条天梯一样的路,一边是山,一边是悬崖,路只有两尺来宽,悬空的台阶,我上了十几个台阶后,突然有了恐惧感,马上就倒退下来。是啊,到了这把年纪,不能逞强了,要和自己和解,要承认人在自然面前的渺小和软弱。其实,今天七千多步的山路,一路上已经收获了很多美景,蓝天、雪山、瀑布、冬柿,特别是渐渐融化的雪在冰瀑下面一珠珠滚动下来,像极了黑色的蝌蚪在水里游,非常生动、神奇,我还录了视频,准备回家给——看这一奇观。

每周能在自然中这样畅游一次,觉得很幸福。

感恩秦岭,感恩这几年一直陪伴的老陈同志。

2020年3月4日　周三　晴

　　虽然不是今年第一次爬山,却是春节后第一次。因为从春节前的1月20日一直到现在,全市、全省乃至全国,新型冠状病毒肺炎蔓延,所有公共场所都封了,小区、路、山都封了。一个多月几乎都封在家里,一一和外公外婆都没有正式开学,在家上网课。最近随着疫情的减弱,小区可以扫码出入了。许多路也解封了。山应该可以进了吧?

　　今天带着一一,十一点出发,先去了石砭峪,封着。又继续往西去天子峪,还是封着。事先有预料,所以并不气恼。继续往西进了沣峪口,一路畅通,进山车辆还比较多,过了净业寺,过了三面观音,见一小峪口,有些车辆停着,抱着试试看的心态,也停车往里走。不多久,看一倒了的牌子上写着大蒿沟,路很宽,车都能开进去,大喜。一一今天上山有一个小任务,找十朵野花。虽然初春的山还是很萧条,但是仔细观察,在枯草枯叶下面,已经有了各种野菜野草,自然也有了一些野花。我们来来回回的路上,竟然发现了许多野花,圆满地完成了一一给自己的任务。山里的空气非常清新,人们基本上不戴口罩,一一却坚持要戴,在外公外婆的几次劝说下,一一才摘掉口罩。走到半山腰,路边有一个地方特别适合坐下来喝茶休息,我们三个人泡好茶,晒着太阳吃着水果,喝着茶聊着天,欢声笑语响彻山谷。休息好后,又继续往上走了一点,——喊停的时候,我们返回。途中,——小睡了一会儿,五点多回到家。外婆做了水煮江团。

爬了山,吃了鱼,疫情时期难得开心的一天!

2020年4月8日　周三　晴

惦记太平峪的紫荆花，不是一天两天，而是三年五年了。

第一次去看紫荆花，应该是四五年前，也是这个时候，听说太平峪紫荆花开了，约了几个朋友，兴冲冲去，却怏怏而归。原因是紫荆花没有完全开放，加上天阴阴的，远远望去，只有朦朦胧胧的一点点紫色，实在不尽如人意。

几年过去了，也许因为第一次扫了兴，打击了积极性，竟没有再约看紫荆花。

上周五中午，因为装修的事要去草堂校区，下午三点事毕，雨后秦岭山峦氤氲，空气清新如洗。突然来了去太平峪看紫荆花的兴致，加之太平峪近在眼前，半个多小时已到了太平峪森林公园门口，疫情时期免费进入，又是雨后，人很少。清明前的山，尽管天阴，紫荆花还未盛开，但嫩绿的草木，把成片的紫荆花衬托出几分妖娆，可惜我们走了四五公里后，已经五点多了，虽未尽兴，也只好返回。约好几天后，天若晴，就定来。

天不负我，今天天晴。于是我们如约而至。

蓝天白云下，盛放的紫荆花果然美不胜收，一会儿把太平峪变成了一条紫色花带，一会儿又变成了紫色海洋，一会儿又成了紫色山谷。

一路上,泉水叮咚,大小瀑布络绎不绝,各种奇石异状,让人目不暇接。

唯一觉得遗憾,紫荆花都长在山上水边,只能远望,不能近观,野生的紫荆花,似乎和公园里浓烈的紫荆花不太一样,色彩要朴素淡雅一些。

据南朝吴均的《续齐谐记》,有一个传说:有三兄弟分家,分完以后发现院子里的紫荆花树没有分,于是商量把它截成三段。第二天一早,当大家准备分花的时候,发现紫荆已经枯萎了。于是大家感叹"人不如木",于是三兄弟又把家合了起来。而紫荆也奇迹般地复活了。于是人们把紫荆作为家庭和美、骨肉情深的象征。

难怪杜甫在公元756年"安史之乱"时,听说弟弟要来,喜不自禁,写下了一首《得舍弟消息》:"风吹紫荆树,色与春庭暮。花落辞故枝,风回返无处。骨肉恩书重,漂泊难相遇。犹有泪成河,经天复东注。"

难怪今天游人很多,大都拖家带口的,不知是有意还是无意,都来沾染紫荆花的和美之意。

2020年11月7日　周六　晴

今天立冬,秋去冬来。

——晚起后,洗漱,早点,作业。

午饭后,准备出发,——为穿衣服纠结了半天。

按计划去紫阁峪,十几分钟后到了旧环山路的紫阁峪路口,被村民挡住了。继续西行,去了化羊峪。戏台广场停车后,沿小路一路向上,很快——的棉服穿不住了,绑在腰间。她身轻如燕,一路走在前面。陆陆续续碰到上山下山的人,大部分是山下居民,其实,我们岂不是山下居民?

快到上次的三号平台时,远远听到有广场舞的音乐声,看到一面国旗高高飘扬。走到了,发现这次没有上次的人气旺,只有几人在跳舞,零零星星地有一些人坐或躺着休息。我们没有找到可以坐下来喝茶的合适地方,没多停留就返回,觉得刚路过的一个小山头阳光灿烂,适合喝茶。果然不错,有几块石头可以坐下来,外公泡茶,我们三人晒着冬季的第一轮阳光,喝着香茶,——嫌茶杯烫,竟然跪在地上,俯下身子,像小狗一样舔着喝。

喝饱歇够了,继续下行,在一岔口向南折去,据说从此下去是烧柴峪。路还比较陡峭,从这条路上来的人真不少,都气喘吁吁的。我们是下山,除了要小心外,倒是不累。半个小时后,出了山,沿路走到环山路上,东行至化羊峪口,再南行一里多,回到了我们停车的化羊庙戏台广场。

立冬日,我们穿越了化羊峪和烧柴峪,虽然只是一个小小的穿越,但能在山上用脚画一个圆也是难得的。

趁外公取车,外婆带一一看了化羊庙前的两个石羊。她好奇,真的能点石化羊吗?

2020 年 11 月 14 日　周六　晴

中午吃完黄辣丁炖豆腐后,我们准备去爬山。外婆准备东西时,问一一,山上喝茶不？一一说,必须的。

今天我们去的神水峪,一一第一次来,外公外婆已是第二次了。

前半段都是台阶,上起来比较累,差不多一个多小时后,终于到了一个小山头,上次外公外婆到此为止的地方,开始休息喝茶吃水果,平时在草堂校园只能仰望的圭峰山,在这个小山头,几乎可以平视了。半个多小时后,我们整装待发,准备探寻一下是否可以继续前行?

从这个小山头向下,一条蜿蜒曲折的小土路向前延伸着,仿佛柳岸花明又一村。秋叶大部分已经枯黄掉落,留在树上的一些秋叶依然绚烂,午后柔和的阳光下,显得更加漂亮。踩在沙沙作响的树叶上,我们三人鱼贯而行,因为草木茂盛,有些地方路不好辨认,加上已经下午三点多了,外公担心迷路,建议返回。但一一和外婆都意犹未尽,继续前行了一会儿。偌大的原始树林里,就我们三个人穿行其中,外婆感觉十分美妙,妙不可言,如同仙境,一一娇小玲珑的身影移动在树丛杂草之中,如同仙女一般。

带着无限的留恋,我们在三点五十分决定返回。——唱着嘹亮的一二一欢快地下山,基本是跑下去的。

一周能有一天身心完全融于自然之中,夫复何求?

2020年11月22日　周日　雪

　　早晨七点多,送走要赶回小寨上芭蕾舞课的一一和妈妈,看窗外山上白雪皑皑,又躺回床上,准备再补补觉。

　　老友雏莉发来一条微信,下雪啦。我马上回复,上山看雪去。雏莉秒回一个好哒的表情。我睡意全无,马上兴奋起来,约好吃完饭十点半进山。

　　差不多十一点我们集合出发,本来打算去路好走的潭峪,但车过太平峪口后,看潭峪山上没有积雪,立即掉头去了太平峪,进山不久,雪花开始飘了,不大。太平峪两边的山峰白雪茫茫,几公里后我们到了圭峰山下。

　　雏莉虽然腿不好,但毫不迟疑地要过河登山。路有点滑,大家走得都比较小心。好在圭峰山不是一直上的陡坡,之字形的,拐角处稍难走些,其他地方都是缓坡。雪下得越来越大,积雪把干枯的树枝装扮得如同繁花一般,我们不住地感叹,太美啦,太漂亮啦,不停地停下脚步,拿出手机拍照,但感觉词语贫乏,无法描述眼前的美景,手机也不能把看到的全拍出来。走了无数个之字后,我们终于到了山梁上,在路旁一个大石旁,准备休息喝茶。突然小路上出现一个从山上下来的僧人,偌大的圭峰山,这是我们今天遇到的第一个人,估计我们几个也是僧人今天看到的第一群俗人。冰天雪地,僧人和俗人见了分外亲切,相互搭讪,问候,僧人嘱咐我们不要再上了,上面路滑,难走。我们也让他下山小心一点。

我们喝着热乎乎的红茶,吃着小点心,开心地说笑,大家兴奋的样子如同过节一般。

喝完一壶水,我们听从僧人的劝告,决定知难而返。

下山对我们可真是一个考验。雏莉的腿不好,吕刚今天的鞋子很滑。果然,刚下了一点,吕刚就脚底打滑,摔倒了。后来,干脆把手套套在鞋子上,这个办法还真有用,不滑了。但走一段,手套上就沾满了厚厚的泥雪,得重新整理一下。雏莉也在下到一半的时候摔了一大跤,裤子上全是泥,好在她还比较轻巧,除了衣服脏了,身体毫发未损。就这样,我们相互搀扶着,跌跌撞撞地下了山。到了山脚下,我们用泉水清洗脚上的泥土,不经意间,中雪变成了鹅毛大雪,如梦似幻,我们兴奋地大声呼叫,不想离开。

去年,西安一冬无雪。

今天才是今冬的第一个节气——小雪,没有想到,雪就如约而至。我们登圭峰又遇到了大雪,看到了玉树银花的冰雪世界,这是否预示着:一切美好的心愿都可以随喜!

2020年12月24日　周四　晴

　　昨天在从画画班回来的公交车上,接到治林的电话,约今天出游的事情。我们决定去蓝田的流峪飞峡,据说那里的冰瀑不错。

　　今天早上九点多,我们三人从太乙路立交桥下出发,十点多到达流峪飞峡。门口就有一个大冰瀑,笑丽已经兴奋得手舞足蹈。

　　我们下车先吃点东西,十一点买票进入。一路全是陡峭的台阶,有些简直是直梯,说心里话,我有点怯。但笑丽今天却胆正得很,说:上!我也就咬咬牙上了。几个这样的直梯,上来后,以为到了冰瀑的顶端。继续上行,发现门口的冰瀑只是冰瀑一角,越往上冰瀑越大,甚至可以说壮观了。让我惊奇的是,冰瀑下面,还有泉水叮咚作响,这是怎么回事呢?

　　冰瀑走完之后,到了一个相对平缓的地方,只见白雪茫茫,溪水潺潺,枯槐树姿态万千。六间房的地方,右边是古村寨遗址,左边是探险区。我们都没有穿探险的装备,走了一点,就适时而退,毕竟都不再年轻,冒不起险了。借了山里人家一条凳,在半坡上我们三人排排坐,晒晒太阳,喝喝咖啡,吃吃零食,说说笑笑一阵子。

　　返回时,走的另一条路,途经山顶上的三神殿,治林坐在店门口抽烟的样子,很仙。我望着对面山上,有小路,有草甸,有人家,心里痒痒的,很是向往。我这是典型的"这山望着那山好"病症。

下到山下,问一老者怎么能去那山,老者说,三公里就到了,那是流峪草甸。

很早就听说过这个地方,它原来在这里。我按捺不住地兴奋,和笑丽治林相约,下次上草甸。

没想到,笑丽比我还性急,说她这周六就来!

2021年1月12日　周二　晴

　　流峪草甸已在年前种在心里,今天天气好,约了几个老友(吕刚、雒莉、李敏)来割草。

　　过了流峪飞峡三公里,开始螺旋式的陡坡,几个螺旋之后到了流峪寺村,我们车停下开始往草甸走。

　　一直都是慢坡上,天蓝如海,一丝白云都没有。太阳毫无遮拦地洒下来,洒在草甸上,洒在我们身上。西边的崇山峻岭应该就是年前去的流峪飞峡吧。它的山顶白白的,很像积雪。我们越走越高,几近对面山顶。

　　草甸的草几乎没有了,但还是有一些牛和羊在低头吃草。草甸非常大,走过一个山梁后,又是一个山梁。我们选一个避风的坡坐下来喝茶,茶里面有太阳的味道。

　　一壶水喝完,继续上行,一个山口过去是另一番景象,背阴,路上寒冰积雪,试着走了一段,举步维艰。我们决定还是返回阳面,沿着一条羊肠小道向远处的一个大坡走去。

　　爬了许多年山,各式各样的山都爬过,但我最喜欢有草甸的山。视野开阔,令人心旷神怡,又让人感念天地之大、人之渺小。

　　半个小时后,前方出现一块平整的石头,完美的一个茶台,似乎在等着我们,我们围坐一圈,喝茶吃水果,在风中说笑。

　　下午两点,我们原路返回。一头小牛站在小路中间挡住我们的路,不知是不愿意让我们走,还是因为我们闯入了它的地盘?反正牛气冲天,惹不起,我们只好走到路下面的树丛里,绕着走过它。

　　这个草甸,我好喜欢,可以春夏秋冬都来,每个季节它一定有不同的美。

2021年2月2日 周二 晴

上周末和几个老友约好今天爬山,还是耿峪。

我们七人十点半从草堂家出发,太阳真好,是个适合登山的好天气。顺着环山路一路向西,穿鄠邑进周至,十一点多到了登山口。

大家整理好背包,开始登山。——人小身轻,走在最前面,鲜艳的桃红色衣服在冬日的耿峪山谷显得格外醒目。走到第二个亭子,大家歇脚喝第一轮茶,大红袍。——给围坐一圈的姥爷姥姥们一杯杯地端茶拿杯,乐此不疲。

喝完一壶水,我们开始从左路继续上山,阳光满满地洒在路上,照在身上,不多一会儿,大家都走热了。

两个礼拜前还沉睡的山,今日似乎苏醒了,路边的野花零星地开了,蓝紫色的阿拉伯婆婆花,黄色的蒲公英,粉色的忍冬。

在一个慢坡处,我们停下来喝第二轮茶,——还给每人发了一个棒棒糖,虎爷给大家削苹果,我们吃着、喝着、说着、笑着。

以为这次还能遇见上次的那两只山猫,我还专门给它们带了一个馒头,却始终没有遇见,不禁有些失望,也隐约操心它们会有怎样的命运?幸运的是,走在前面的外公和虎爷在山顶的竹林看到了彩色锦鸡,我们也都看到了成群的野鸡在竹林飞起。

又过山顶老人的院子，老人靠在门框睡得正香，我们也就没有打扰。老人院子后面的蜂箱，上次还毫无动静，今天几乎所有的蜂箱都有了生机，蜜蜂们忙忙碌碌地进进出出，真要春回大地了。

走过山梁，在一个开阔的地方，姥爷姥姥们坐下来准备喝第三轮茶，——却要外公外婆带她去找雪。这一路上去，比较陡峭，——说这才有点意思呢。可惜，因为最近天气回暖，外婆半月前看到的雪坡，走到跟前，几乎都化了，残留的一点点雪也已经结成颗粒。尽管如此，——如获至宝，抓起一把要拿给姥爷姥姥们看。

下午三点，我们开始下山了。毕竟还是下山轻快，大家一路不停，一个小时就出山了。

回来查看日历，明天立春。

没想到，我们与冬天的告别竟用了登山这样的仪式。

细思，这可能是极好的仪式。

2021年2月22日　周一　多云

因为爱山,二十多年来,我几乎走遍了秦岭的大部分峪口。但是没有哪一座山像圭峰山那样,已经成为我生活中非常重要的一部分。

去年夏天开始,我们隔三岔五就住在圭峰山下的草堂校区,每天都要无数次眺望圭峰山。夕阳下的圭峰山最为妖娆,万丈余晖洒落下来,校园变成了金黄。圭峰山有时也是巍峨俊秀的,比如早晨的时候,天气阴沉的时候。

这几年,我也曾四次在不同的季节和不同的朋友登过圭峰山,但都因为各种原因半途而废,没有登顶,留下了遗憾。

今天外公提议,带着——去登圭峰山。原因有三,一是——房间的窗户正对着圭峰山,可以说是观赏圭峰落日的最佳位置,早晨醒来她第一眼看到的是圭峰山,晚上关窗帘看到的依然是圭峰山;二是在草堂,——听到最多的也是大人嘴里津津乐道的圭峰山;三是虽然外公外婆都先后几次上过圭峰山,——还从未上过。

于是,我们三人登山小分队十点多出发,从太平峪口进入,十一点多到达圭峰山登山口。

过一个木板桥到了太平河西侧,开始登圭峰。可以说,走在圭峰山上的每一步都在上。——走在最前面,而且走得很快,不久,她有点走不动了,要喝水,外婆鼓励她再坚持一下,到外公外婆每次喝水的地方就可以停下来休息了。明显的,一一再也冲不到前面了,变成外公在前,外婆和一一在后。一一开始上得太猛,体力消耗太大了。外婆给她了一个果冻冰棒,又让她补充了一点水,不断鼓励她。终于,在上了五十个左右的之字形弯道后,我们到了相对平缓的山梁,在老地方停了下来,休息泡茶吃水果,每个人还吃了两块巧克力。半个小时后,一一满血复活,说要马上继续爬山。

后面的路依然陡峭,也许是休息的时间太长,外婆觉得有点不适应,再加上不断提升的海拔,心跳加快,气喘吁吁,走走停停,速度很慢,走在了最后面。一一完全换了个人一样,健步如飞,始终在最前面。

过了圭峰寺,外婆慢慢调整好了状态,加快了一点速度。但是外公又感觉不太好了,腿脚无力,落在了最后面,甚至想放弃登顶。

这时候一一又开始鼓励外公,不时地停下来接应外公,一个陡坡后,山梁上很大的一片开阔地,一户人家映入眼帘,许多驴友在院子里休息。我们也在一个木墩旁坐下来,第二次泡茶吃东西,补充能量。抬眼望去,高低错落的几株山茱萸竟然开花了,暖黄色的花儿隐约在树丛中,梦幻一般。外婆兴奋地说了几次,茱萸花竟然都开了!是啊,记得往年三月底四月初才开,今年春来得早啊!

这次休整后,外公也恢复了体力,我们决定一定要登顶。已经接近成功,放弃了太可惜。

经过了一个长长的山梁后,西侧山腰有一块白色巨石,像一只龟趴在那儿。圭(谐音龟)峰山莫非来源于此?

上旋几个陡坡后,一块很大的碾盘平放在两块石板后面,石板上刻印着"焦将碾盘"几个字,焦将是一个将军?

带着这些疑惑,我们继续上行,终于看到了高高的山顶门,走在后面的外婆仰望前方,一一和外公像悬在半空一样,已经接近山门。上悬梯之前,外婆发现下面有一个石碑,仔细读了碑文才知:这个我们叫圭峰山的山也叫尖山,尖山上修建了尖山庙,起建于北魏,是焦将村人的人神庙。后来屡遭雷电焚毁,二十世纪八十年代中期焦将村人集资重新修缮。原来,焦将是一个村名!

外婆费尽气力,最终也登到了山顶,山顶面积不大,几乎被十个平方米大小的尖山庙占据,四周只留下几尺宽的地方,游人可以四下观望。今天有些雾霾,俯瞰草堂校区,不是很清楚,只能看个大概。周围山峦,远近高低,尽收眼底。

此时此刻,外婆还是有些激动和骄傲,把平日里仰望的圭峰山终于踩在了脚下。

但面对尖山庙里供奉的玉皇大帝,外婆还是很虔诚地拜了又拜,希望他能保佑:国泰民安,家人安康,风调雨顺,五谷丰登。

绕着尖山庙转了两圈之后,我们开始下山了,一一如飞兔一般,外公外婆则小心翼翼地一步一移,生怕有个闪失,老胳膊老腿经不起摔了。

两个小时后我们安全出山,回家。

这次圭峰登顶,外婆有三点体会比较深刻:一、圭峰山是秦岭没有修建索道的最高山峰之一,海拔1528米,陡峭奇峻,景色很美;二、登山需要不断自我坚定毅力和队友之间的鼓励;三、年龄不饶人,眼看着一一的登山能力在增长,外公外婆的能力却在下降。以后不要说外公外婆带一一爬山,而要说一一带外公外婆爬山。一一已经成为我们三人登山小分队的"小队长"了!

2021年3月7日　周日　多云

对我来说,每周爬一次山,就是自己给自己的福利,其中的幸福感,可以说,满满的。

如果再能走一个从未走过的山路,用当下流行的一个词来形容:幸福爆棚。

今天我们本打算去紫阁峪,却未能如愿。年前年后,除了几个大的峪口可以自由进入,一些小峪口,只要经过村庄的,都有疫情岗,被挡得严严实实,根本进不去。

我们只好又进了太平峪,过圭峰山口不远,有一条路向西蜿蜒而上,我们也即兴进入,沿路有几处大幅宣传语:"重走长征路""苦不苦,想想红军两万五千里"、毛泽东的《长征》诗等等。这里莫非是一个红色教育基地?

路虽然陡峭,但新修的水泥路面,绿色的护栏,车行徒步都不太难走。我们选择了徒步,大约两公里后,到了一个很开阔平坦的地方,零零星星地有了房子,大部分没住人,只有一两家门开着,山樱花、桃花、杏花成片地开了,一个小坡上去,是"人民公社大食堂"和"高山训练营"。原来如此,标语的疑惑瞬间化解了。

离开大路,我们顺着山间小路继续上山,不远处有三岔路:向右,树上写着"金明寺"。我们选择向左,想先继续上山,等会儿下来再去寺里礼佛。

　　上到一个巨大圆形蓄水池后,路变得几乎完全是平的,两尺来宽的山路上铺满了去年的落叶,隐约还有些红叶,踩在上面吱吱响,走了好远,竟然一直都是平路。这样走山,好轻松呀,但也不可掉以轻心,因为一边是山坡,一边是山崖。偶尔路边树枝上有户外登山队的彩色引路条,肯定有驴友走过的,但今天,自我们走小路以来,没有碰见一个人,除了我们的走路声和偶尔的乌鸦声,寂静得像个空山。我甚至想,这么偏僻的深山,会不会有野猪之类的?好在阳光还算灿烂,似乎壮了不少胆,继续走,发现山景越来越好看了,粉色山花,不时会烂漫一片,拐弯之后,前面不远处,暖暖的黄色芦苇铺满了山坡,我们决定到芦苇慢坡处休息一下。

　　没想到,一直安静的山,突然有了鹅鸣狗吠,声响山谷,芦苇坡上面的房子一定有人住。我们决定走上去看看,随着我们离房子越来越近,狗吠声更加急切,鸡也凑热闹了。

　　一个挂棍老妇从土房里走出来,先是用警惕的眼神看了看我们,一会儿放松了神情,笑盈盈地走向我们。四只大鹅竟随她飞扑而来,我们连忙停住脚步,鹅的看家本领果然略胜于狗,两只花狗只是原地不动,远远地对我们继续吠叫而已。老妇个子不高,衣着脸面虽慈善却不甚洁净,看光景应是孤寡老人。交谈得知,她有家有女,为养病独居于此,从她的言谈举止中已经完全看不出她是位脑梗患者。她还告诉我们,去年冬天,下雪了,被家人接回山下县城,几天时间,嘴角上火,人很不舒服,就又来上山住了,过年都不肯下山去。在县城工作的女儿定期会给她送来生活用品,难怪我给她我背包里仅有的一些零食水果,她推脱不要呢。

告别了老人,我们到下面的芦苇坡休息,晒晒太阳,看看远山,深深呼吸。

回来的路上,我挖了一些蒲公英,采了些野花:樱花、旌节花、山胡椒花,装了一袋子腐殖土,满载而归。途中,还遇到了大小五六个人,带着礼品,不太像游玩的。擦肩而过时,我问他们,是不是去看山顶住的老人,他们说是的。不由得,心里为独居的老人感到高兴。

行到金明寺的三岔路口,发现去寺里的小路被两位正在念经的女居士占满了,实在不便打搅。因此,再过金明寺而未入。

走了半天的这座山,始终不知其名,但却知道这座山里有个金明寺。

2021年4月11日　周日　多云

人间四月天！雨后的四月更值得！

今天午饭后进化羊峪,露珠还留在草木上,远远望去,山完全绿了,深绿浅绿交接,浓淡恰相宜。

小小细细的紫堇花,看起来弱不禁风,路旁、树下,满山遍野都是,竟成了化羊峪今天最壮观的紫色海浪。

走到半山腰,一簇簇、一片片黄亮亮的棣棠花扑面而来,让人不由得喜气洋洋,连阴沉沉的天似乎也亮堂了一些。

转几个弯后,像雪一样的白鹃梅点缀在绿山之中,显得山更加嫩绿。

到一个小山头时,队友竟要坐在上面静思打坐。我一个人继续前行,走到瀑布为止。哈哈,短暂的一次半途分离。

今天的瀑布,因为昨夜雨水,竟比上次更加有气势。

返回时,我再一次陶醉于鲜嫩的各色植物之中,虽然已经走了十多公里的路,竟无丝毫倦意,只是在想,最高明的艺术家非大自然莫属了。她创作的四季之美,让人不得不叹服。春天,可谓是她最绝妙的一笔！

2021年5月23日 周日 晴

昨夜,草堂和上周六一样,又是狂风肆虐,大雨瓢泼。

今天进山还是想去路不太难走的峪口,思来想去,太平峪还是最佳选择。十点多我们进入峪口,过了万花山不远,不知何因,堵车了,已经排了长长的队,我们随机决定掉头出峪口,往西去化羊峪。

今年以来,这是第四次进化羊峪。这个峪口,我们非常喜欢,可以说百上不厌。一是路好走,二是山清水秀,三是每次进山总有惊喜。

那么,今天的化羊峪会有什么等着我们呢?

相隔上次来,刚好二十天整,化羊峪的草木更加茂密,快一人高的草把山路几乎掩没,加上昨夜风雨交加,一些石头滑落下来,有的树被拦腰吹倒,挡住了去路,得弯腰穿过,好在还能通过。曾经的蒲儿根花廊,被风雨摧残得不成样子,仍有一些花儿,还那么鲜亮地开着,但显然大气已过。

没想到,路边陆陆续续地有了粉色的野蔷薇花,如少女一般,娇鲜粉嫩;紫色的翠雀花,梦幻一般地盛放;洁白如雪的山梅花,也出其不意地出现在我们眼前。

化羊峪呀,化羊峪,你没有辜负我对你的厚爱,这些美丽的花儿,是你给我的夏天礼物。

其实,你给予夏天的远不止这些,一些不知名的花儿,也都那么努力地开着,彩蝶蹁跹,连百足虫今天也似乎都在恋爱。

像往常一样,我们在半山腰的"打坐台"喝茶休息,在瀑布上端听泉水叮咚,看落花流水。

返回的路上,遇到许多人才上山。

2021年7月29日　周四　晴

差不多有十年没来西寺沟了。西寺沟就像一个老友,多年不见,心里却一直惦记着。这不,今天就来了。

十年,对一个人来说,不可能没有改变;对一个山沟来说,也是如此。

记得当时进西寺沟口要涉水,而且开始的一段路紧挨峭壁,曲折难行。现在沟口架了一个小铁桥,很轻松地就进去了。

依旧不变的,进去不远,几乎全成了平缓的小路,泉水始终相伴,踩石而过,一会儿左边,一会儿右边,高大的树木把太阳几乎挡得严严实实,只有树叶的缝隙透下一些光来。在西寺沟走,完全可以不用考虑防晒,墨镜、帽子、防晒霜,通通用不上,相反,怕凉的人还需要准备一件长袖衣服,因为坐在水边石头上歇脚,时间久了,感觉后背发冷。我今天就少了这么一件衣服,最后只好坐着把背包还背在身上,以抵挡寒气。

夏天,山里的花儿比较少。西寺沟也是如此,满眼望去,满眼的绿,绿树绿草,连树身都是绿色的青苔,大大小小的石头也都被绿苔包裹了,水里的倒影也是汪汪的一片绿。

我徜徉在绿色世界中,身心通透,自由自在,无意中发现茂密的绿草中,零星地有些粉色的花儿,从未见过,一查得知是白接骨花儿,医学上用于接骨,所谓"谷中仙草续玉指,前次缘分今不断"。没想到,娇小柔弱的花儿,竟有这么大的能耐,不由人刮目相看,难怪浙江人把它称为"金不换"!

西寺沟的清凉和绿色,足以成为我的避暑天堂,又加之这"金不换",锦上添花。

2021年10月31日　周日　雨转多云

两个多月了,被封在山的外面,眼看秋天就要过去,再不赏秋,错过又是一年。

今天十一点我们冒雨进了太平峪,过圭峰山时,车位已经爆满,再看河对面,打着伞的人们陆陆续续从山上下来,还不断有人过河往山上走。圭峰山这几年成了秋季红叶网红打卡地,此情此景,可见名不虚传。我们不想加热闹,只想找寻一个僻静之处赏秋。

离圭峰山十几公里,路西,沿坡上行,今年春天来过一次,但始终不知其名。

今天把车停在坡下,雨似有似无,可以不必撑伞,为了预防,还是带着伞,轻装上行,两人只带了一个背包,没有护膝,没有热水茶具,连坐垫都没有带,想着雨天,随便走走而已。

有些路,雨水形成薄薄的细流,还有泥石流,树的根部裸露在泥土中,盘根错节,好在上面有村落,路面被及时清理过了。天越来越亮了,随着海拔的升高,远山的云雾缭绕,满山遍野的红叶,让人精神为之一振。尽管疫情绵绵不绝,到了秋天,叶子照常都变红了。

过了高山营地,我们继续沿着小路爬山,不时被路边漂亮的一树红、一树黄所牵引。停下脚步,欣赏拍照一番,很快到了半山腰,平缓的小路绕在山腰间。记得春天来时,山腰的深处住着一位养病的老人,不知深秋还在不在?

踩在五颜六色落叶的小路上,前后左右,远方,满眼的缤纷色彩,秋天最美的图景莫过于此。

虽然一路走,一路拍,手机的咔嚓声还是停不下来,因为总有不一样的景色让人感动。

我们快到了深山老人的住处,却没有听到狗吠鸭叫鸡鸣,想必她应该不在。因为第一次来时,它们听到脚步声,早早地就打招呼了。

曾经歇脚的芦苇坡,比春天更加茂密,金黄色一片,一丛阿拉伯黄背草似乎是新长的,它空灵的姿态和厚重的大山成为一种互衬。

我们站在山谷里,环望群山叠峦,秋色恰好,隐约听到了鸭叫声,说不定老人还在?但我们还是没有去打扰她,悄悄地来,悄悄地走。

回来的路上,在一处悬崖边,我发现有微小的粉红花,竟然是忍冬花!

忍冬花,怎么秋天你就开了呢?你是不是要传递一个讯息:"冬天已经要来了,春天还会远吗?"

2021年11月7日　周日　立冬　晴

去年秋天,听说团标峪的红叶好,不知什么原因,竟错过了。

错过了,就要等上一年。

上个周末,和几个老友相约,今天上团标峪。

昨夜风雨雪交加,今早起来,晴空万里,窗外已是另外一个世界:远山白雪皑皑,楼下的校园也成了童话故事。冬天的第一场雪和冬天手拉手一齐来到,在我的记忆中,似乎是第一次,这份礼物太让人惊喜了。只是约好的六个队员,只剩下两个可以去完成和团标峪的约会。

团标峪位于周至县境内,距草堂五十多公里。我们十点多出发,五十多分钟到达团标峪村。路边村头已经停了许多车,看来昨夜的大雪并没有吓跑和我们一样的爱山一族。

来之前,我大约了解了一下团标峪:"团标峪从峪口定空寺起步,步行十二华里路程,相继经过十二道天门。每道天门皆有一座庙宇,庙内雕梁画栋,彩绘壁画,分别供奉佛、道、天界各路尊神彩妆塑像。相传团标峪建庙塑像源于观音菩萨庇护难民。隋末唐初,战乱不止。某年六月初十,百姓携家带口,躲入深山避难,乱军紧追其后,欲行抢掠。一支逃难队伍慌乱中拥进团标峪。前有悬崖峭壁,后有追兵迫近,情状险急。这时观音菩萨测知百姓有难,驾起祥云,行至团标峪上空,施展法力,庇护众生。顿时,谷内雾气浓浓,对面不识来人,伸手不见五指,大雾只罩定追兵,雨点恰好落在百姓队伍后方;河水只阻乱军,百姓前行之处,仍是蓝天白云,鸟语花香。追兵无奈,只好无获而返。百姓得救,感激不已。为纪念菩萨搭救之恩,众人议定:从谷口至山顶修建十二道天门,按逃难者所在的村社归属,每社(数村)管理一庙,四时祭祀,香火永继。"看来,这个团标峪不简单呀,它是神话和现实完美的结晶。

今天我们能走完十二道天门吗?

因为第一次来,又加上刚下过雪,心里没底,抱着走哪算哪的态度。

一过山底的一道天门定空寺,开始拔高,山路比较窄,因为走的人多,路上的雪已经融化为泥水。除了会弄脏鞋子,倒并不难走。这个时候,应该正是满山遍野的红叶,但昨夜的风把大部分红叶刮落了,残余的也覆盖在雪下。我们与团标峪的红叶相约,成了踏雪之旅。

第二、第三、第四、第五道天门之间距离都较远,许多人止步于第五道天门,不往上走了。看来,第五道天门是个坎。

十二点半,我们终于到了第五道天门。庙宇门前平台上已经有许多人停下来休整,歇脚和补充能量。我们也坐在庙门前的台阶上,喝茶休息,考虑一下我们是到此为止呢,还是继续上行?最后,我们觉得体力还可以,继续上行吧。

其实,过了第六道天门之后,后面几个天门虽然路越来越陡了,但之间的距离却越来越短,甚至从第七道就能望见第八道。

差不多一点半,我们终于登上了十二道天门。

从十二道天门还可以继续顺着山梁到南天门,但是这段路实在太泥泞了,我们尝试了一段,放弃了,决定原路返回下山。

下山的路上,陆陆续续遇到还在上山的人。

几个小时,同样的路,和我们上山时的感觉已经不同,银装素裹的雪山,渐渐地露出了草木落叶。唯一不变的是十几个小瀑布依然欢快地喧腾着,唱着深情的山歌。

团标峪的红叶,今年又错过了。

看来,明年还得再来。

2021年12月15日　周三　晴

这几天,西安的疫情又紧张了,不断传来封小区、封校、封路的消息,一轮轮被催促着做核酸。

疫情期间可以选择宅家——观影、读书,也可以选择寻一处荒山野岭——随意走走,看看叶子掉光赤条条的树,晒晒谁也挡不住的太阳。两种方式,各有各的好,全凭喜好,各取所需。

今天还是清凉山,这已经是后半年爬山以来的第二次。

不过这次走了另一条路,依次瑶池宫、玉皇庙,最后会合到上次的三清殿。只有玉皇庙开着,我们拾级而上,虔心敬拜。三清殿外,翠竹婆娑,侧柏苍劲,一棵老皂角树被列入西安市古树保护名单之中,想必有百岁之上。

疫情严控,上山的人比往常少了许多,但山里并不冷清,山下村子的高音喇叭传来村干部传达疫情防控的指示。

半坡的胡家大院,楼顶的红旗依然飘飘,门却还是禁闭,院内的亭台楼阁讲究,却感觉形同虚设。倒是栏杆外面不远处的蓄水池水泥盖,倒用得上,不高不低,正好可以坐下来歇歇脚,喝喝茶。

返回的路上,一只花猫"喵喵喵"地紧跟着,正好包里还有一些麻花,坐在台阶上,一口口嚼碎,喂给它吃,看来饿极了,没有了猫的斯文,狼吞虎咽，连我们走都顾不得抬起头来。

　　阳光从树枝缝隙洒落在长长的台阶上，一只花猫专心地吃着麻花，孤独、静美。这样的画面，让我久久不愿离去，也完全忘掉了明天还得再去做核酸。

2022年3月27日　周日　多云

　　西安上周一开始恢复正常了,但似乎还是出不了西安市。今天我们十点出发去鸭池口,这里也有一年多没有来了。

　　三月份的山,如新生儿一般鲜嫩可爱。草刚刚好的状态,不大不小,不浓不淡。气温也刚刚好,不冷不热。这条山路蜿蜒盘旋,有陡坡,有石头路,有平路。封了两个多礼拜,今天爬山的人很多,年轻人尤其多。到凤凰岭上,每一个稍大点的地方,人都满满的。我们绕开了最热门的北山头,想着南山头人会少些。其实不然,这边也是络绎不绝的人上上下下。到了上次带——喝茶的地方,前面几步就是一个小山峰,非常陡峭,路在几乎垂直一尺来宽的石缝之中,要上去看到更远的风景,必须要过此"独木桥"。上次我走到跟前,看了一下,倒吸一口凉气,放弃了。这次不知从哪来的勇气,在队友的鼓励和帮助下,竟轻松地上去了。果然,看到的风景也更加壮阔辽远。走在山梁上,人在树影中移动,若隐若现,小路两旁的白鹃梅花若有若无。突然,一只小鸟叽叽喳喳,似乎认识我们一样,始终和我们保持五六米远的距离,待我们要靠近了,它又向前移动,停下等待我们,我们快要接近它了,它又调皮地飞到更远一点的地方,它莫非是来给我们带路的?我被这只小鸟感动了,忍不住对它说:小可爱,跟我回家吧。可能这句话吓着了它,小鸟倏忽不见了。哈哈,我也是痴人妄想"山气日夕佳,飞鸟相与还"呢,可是如此聪明的小鸟,怎肯"误入尘网中"呢?

　　返回的路上,采了很多野蒜,这是春天山上独有的野味,还装了一袋家里的花花草草需要的腐殖土。一拐弯处,树枝上挂着户外驴友团的蓝色飘带"在路上遇到更好的自己",我莞尔一笑,带着今天"更好的自己",四点半回到草堂家。

　　今天来回一万五千多步,出了不少汗,但却是年前年后爬山最畅快的一次。

爱的曙光

AI DE SHUGUANG

  当老师最大的福利是一年有两个长假,我充分享受了这个福利。几乎每年暑假都会抽出一段时间,去没有去过的地方走走看看。这里选录的是 2007 年以后的一些旅行所感。

去看武威

　　第一次听说武威,还是去年。我的高中同学李均调到了武威工作。我向来没有地理概念,甚至不知道它处于兰州的什么方位。

　　李均每次从武威回来,都要诚恳地邀请老同学去武威看看,眉飞色舞地说那儿种种的好。后来,我了解到,武威是古凉州,已有几千年的历史,因公元前121年,汉武帝大将霍去病出征河西,抗击匈奴,大获全胜,为彰其"武功军威"而得名。唐诗里就有两首非常有名的《凉州词》。其中一首为王翰的"葡萄美酒夜光杯,欲饮琵琶马上催。醉卧沙场君莫笑,古来征战几人回?"写尽了守护边陲古城将士们的浪漫与豪情;另一首为王之涣的"黄河远上白云间,一片孤城万仞山。羌笛何须怨杨柳,春风不度玉门关。"诗中将凉州的偏远与苍凉,描绘得淋漓尽致。

　　一个原本陌生的地方,因为有了一个熟悉的人,对它就有了关注,感到了亲切,继而向往起来,再加上李均近来接二连三地盛情邀请,于是我们一行四人,就有了这次难忘的武威之旅。

　　说它难忘,首先是走得很不容易。都是四十多岁的人,除了我一个老百姓之外,小丽、三民、梦鱼三人,大小都是个官,单位里事务繁忙,很难完全放得下。谨慎起见,我在买车票之前,给每个人都打了电话,尽管都很忙,但都没有说不去。可见,谁也不想放弃这次武威之约。当我们如约坐在火车上时,才出了一口长气。车缓缓起动了,我们终于可以赴武威之约了。

躺在火车的卧铺上,听着隆隆的车轮轰鸣声,心里有几分畅快也有几许伤感:畅快的是,此时此刻,我的身体赶上了我的灵魂,我所做的是我想做的;伤感的是,这样的时刻太少了,总有太多的羁绊,使得身体和灵魂分离,身不由己。

经过了大约十三个小时,第二天中午,我们到了武威站。一下火车,明显感到了一些异域的特色,天高云淡,空气清新,隐隐约约能看到绵延的铁灰色祁连山。城市虽然不大,绿化和内地城市也没有什么区别,但是没有让人压抑的高层建筑,显得开阔清爽。街上的行人熙熙攘攘的,妇女大多穿着长袖衣服,头上包着色彩艳丽的方巾。

我们的到来,确实让李均很高兴,异乡逢故人的确是人生一件乐事。第一顿饭他请我们吃当地最有名的手抓羊肉。果然名不虚传,肉嫩味香,连我这个平常不怎么能吃羊肉的人,都忍不住大快朵颐,再加上美味的葡萄酒,整个饭间洋溢着兴奋和快乐。酒足饭饱了,李均下午还要开会,他现在也算是"一方诸侯"了,有些会是非开不可的,我们在其他人的引导下到市内市外几个地方参观。

武威不愧是古凉州,仔细去品,确有很多宝贝!

古迹以天梯石窟、百塔寺、文庙、雷台汉墓、海藏寺、古钟楼、罗什寺、凤凰台等为主。文物有马踏飞燕、西夏碑、汉简、大云铜钟、高昌王碑、西宁王碑等。在市里首先看到的是古钟楼,气宇轩昂,把这样一个历史文化名城彰显至尽。百塔寺见证了西藏正式纳入中国版图的时刻,近千年的风吹雨打,不曾使它有半点疲惫,依然娴雅地迎接四面八方的来客。当我漫步在错落有致、形态各异的白塔林里,有一丝恍惚,仿佛时间停止了,当年那场震惊中外的和谈依稀发生在昨天。历史真的很神秘,离我们很远,又好像离我们很近。中国的旅游标志"马踏飞燕"出自雷台汉墓,用黄土垒起来的墓茔竟然如此精致,走进去,里面寒风习习,由不得我踉跄着倒退出来。其实,我是不忍打扰这位不知姓名的、已经躺了几千年的先人。也许考古学家要嘲笑我的"替古人担忧"了。走进"陇右学宫之冠"的文庙,书香墨宝扑面而来,"文以载道""天下文明""文教开宗""书夜不城""文明以正"等等,特别是到"万世师表"的孔子殿堂前,更是让人肃然起敬。确实,我也是教了二十几年书的人了,怎么越教越怕,老有一种惶恐。孔圣人的淡雅、从容,知识的浩瀚、豁达是我永远无法企及的。晚上吃完饭,有几分酒意的梦鱼,泼墨挥洒,"马踏飞燕"的出土文物,给他带来了灵感,长发一甩,一个腾飞的"马"跃然纸上,可能书法家都有点"人来疯",创作劲头来了,你挡都挡不住。晚上写到几点,我和小丽不得而知,因为我俩早早就回宾馆睡觉了。

  第二天一起床就听到雨声滴滴答答的。莫非我们是雨的使者,给干旱的武威带来了雨水?也好!也好!雨挡不住我们的脚步。按原计划我们先去沙漠公园。我对沙漠充满了向往,它的荒凉、浩大、起伏不平的沙梁让我好奇和喜欢。二十世纪九十年代末期第一次去毛乌素沙漠的印象还历历在目,我光脚踩在细软的沙子上,爽极了。可是,武威的沙漠和毛乌素沙漠不太一样。沙漠上植被很多,远远看去,简直可以说是郁郁葱葱了,有许多叫不上名的树、草和花。这样的景致,再加上刚刚下过雨,还是让人兴奋,我和小丽慢跑起来。后来我们又去了野生动物园。当我们走近孔雀笼时,一只孔雀寂寞地站在里面,小丽用她那婉转亲切的语言,对着它说话:"宝贝,乖,转过来,宝贝,好漂亮!"一番开导,孔雀开屏了,而且转换着方向给我们展示它美丽的羽毛,五光十色。小丽不断地鼓励，它开得更大更美，好像要翩翩起舞了。再经过一个孔雀时，小丽又呢喃软语，这只孔雀也开屏了。大家都鼓起掌来，为孔雀也为小丽。看来，人世间的生灵都是相通的，只要付出爱，就能得到回应。

第三天，我们去了位于武威北边的一个水库。一开始，我对去水库兴趣不大，之前已看过许多水库，无非是大小不同，式样都差不多。可一见这儿的水库，却让人大开眼界。远远看去，像一个自然湖泊，偌大无边，与天际交接在一起，使人分辨不出是云还是水，中间有一片沙洲，绿茵茵的。听说水是从祁连山的雪山流下来的，更增添了它的神奇。"银武威"有此水足以不浪虚名了。水库不远处，连接沙漠，沙子很细腻，我们脱掉鞋袜，在沙地上疯跑、大喊，陪同我们的司机小朱还让我们每个人体验了一下在沙漠里飙车的刺激。后来，我静静地躺在沙漠里，看蓝天白云，脑海里一片空白，分不清是现实还是梦幻。大自然的神奇之处就在于既能让人激动得像一个诗人，又能让人纯净得像一个赤子。

美好的时光总是短暂的，两天半的武威之旅就要结束了。返程的车票提示我们该回家了。人总是喜聚不喜分，兴奋被马上要分别的伤感所代替。最后一餐，我们是在小雨的茶楼上吃的。不得不说，武威不仅地方好，人也确实不错，特别是武威的女人，既能干又贤惠。这次我们有幸结识了小余和小雨。小余的泼辣豪气，小雨的聪明细腻，给我们留下了深刻的印象。身为老板的小雨，亲自为我们准备了晚饭，说是简单，却甚为精细。果木烤鸡，焦黄而香甜，还有烤土豆、烤地瓜、烤南瓜、烤饼，可口的红豆稀饭等等一大桌子。相处了三天，我们已像老友一样。还有我们的老乡小余，也一直热情地陪同着。最后，小雨深情地唱起了一首离别的歌曲，小余也跳了一个藏族舞蹈，梦鱼、三民、李均也被感染了，唱着跳着。这样激情的场面是我所没有想到的。

第二天傍晚,我们隔着车窗玻璃和李均挥手告别,站在月台上的李均脸上有几分凝重。我猜不出他此时的心情。要是我,会受不了这场面。他乡再好,还是故乡亲。但我们也只能残忍地把他一个人扔在孤独的月台上,任凉州的夏风慢慢吹散他的离愁。

别了,李均!感谢你把我们牵引到了武威!愿你在异乡珍重!

别了,武威!短短的相识,只是惊鸿一瞥,你美丽的面纱后面一定还藏着许多故事。如果有机缘,我们一定还会再来看你。

2006 年 6 月 27 日

寻访青木川

早在几年前就听说了青木川。

叶广芩写了一本同名小说《青木川》，虽无缘看到，但觉得这个名字好听，自然、浪漫、神秘，也大概知道了这个地方的位置，在陕南，和四川、甘肃交界，陕西最西的一个乡镇，有"一脚踏三省"之誉。后来，在一朋友的摄影作品展中，又见青木川。朋友是搞艺术的，照片中的青木川像一个深山里的天仙妹妹，纯净、鲜活。后来，又在网上查找青木川，一个云雾缭绕若隐若现的山村古镇赫然在目。青木川就此装在心里，我从此像祥林嫂一样，老念说着青木川，总想找个机会去。

国庆长假的到来，使我去青木川的念想更加强烈。恰好，西汉高速也顺利开通了。但女儿不太想去，压根对这种地方没兴趣，只想在汉中转转。哎，算了，大让小吧。于是决定去汉中南湖，可到了南湖，连门还未看见，已是车山车海了，找一个停车位都很难，南湖，难也！现代文明从某种意义上来说是一把双刃剑，一方面，西汉高速的开通，结束了蜀道难的历史，活跃了这里的经济；另一方面，又使大量的车流南下，打破了汉中的宁静，失去了它原有的风貌。是利是弊，无法评判，但这是历史的必然。历史的问题，留给历史吧。汉中显然不能玩了，总不能就此返回吧，老公说那就去青木川吧！我心里清楚，他是为了圆我的青木川梦。好，我一百个拥护，女儿虽然不乐意，但也只好委曲求全了。下午五点多，下了高速，到了宁强，我以为青木川离宁强不远了。一打听才知道远着呢，一百公里以外，建议我们住在宁强，第二天再去。住在宁强多急人，直奔青木川吧！天阴沉沉的，坑坑洼洼的小路，一边是山，一边是河，山体滑坡很多，有的地方几乎挡住了路面。七点多，天完全黑了下来，绕过一个又一个山头，迷惘中有点怀疑，路是否对？挡住对面一辆面包车询问，一个三十多岁的小伙子爽快地说，路没错，不远了，一个小时的路程。本来暗淡的心情重新又欢欣鼓舞起来，八点多应该能到。沿途山上错落有人家，星星点点的灯光，给人一点力量，但没有人声狗吠的喧闹，死一般的寂静。雨又下了起来，快八点了，黑漆漆的山夜，吞没了一切，似乎连灯光都是黑色的。偶然过往的汽车、摩托车还能让人心里有一丝暖气。由于光线太差了，几次的急转弯到跟前才发现，刹车夹着雨水发出刺耳的声音，心里的恐慌又加高了一层，但还不能表现出来，女儿和丽丽（我家的小狗）已绝望地睡着了，只有我们在相互说着鼓励的话，把心里的恐惧小心翼翼地藏起来。终于到了一个像村镇的地方，以为到了青木川，悬浮的心轻轻放了下来。但街道上空无一人，前方有个路标，一看，阳平关，离青木川77公里！天啊，青木川，你到底在哪里？已到半途，只能硬着头皮往前走了。心再次提起来，我知道，这样的雨天，这样深秋的夜晚，这样偏僻的山路，我们一辆车一家四口，有多么孤单！多么危险！而这一切都是由于我的执着。女儿说我太任性了，也许女儿的批评是对的。可这样的冒险又是刺激的，几个小时的时间里，体验了希望、绝望，又再次燃烧希望再次绝望，体验到亲情的温暖和力量，活生生的一次历险记呀！

  又经过了一个多小时的煎熬，我们终于到了青木川。但雨夜，严严实实地把青木川包裹起来，看不见它的一丝容颜。新建的街道有一个办事处,工作人员告知我们,这里住不下了,让我们返回二十公里处的上坝。二十公里!不要!可怕的山路!宁可在车上凑合一晚上。走进街道,路边停了一些车,大都是西安的,几个饭馆里还有吃饭的人。顾不得饥肠辘辘的肚子,先找地方住下。几个当地人在门口坐着聊天,一口川音,我问家里能不能住,说可以,一男人起身马上领我们到自家的三层楼去看,好歹有个住的地方就行,问多少钱,男人憨厚地一笑,说,你看着给。我说还是先说好,他就说给三十吧。吃完饭,准备上楼睡觉,整整一天都在路上,该歇息了。房东的十几岁男孩,瘦瘦的,对我们的到来很兴奋,趴在门边,问长问短,又是提热水,又是找手电筒,也是一口的四川话。房东家里五口人,妈妈和两个姐姐都在外打工,家里只有父子俩守着;楼房的式样也很独特,周围是房间,中间有一个通天通地的天井,恍惚是在四川,和陕西的风土人情完全两样。躺在床上,终于长长地舒了一口气。

  第二天,早早地起来了。下了一夜的雨,天亮了,还在下。走过一个石板桥,到了青木川古镇。青石板路,木屋木楼,金溪河绕着古镇转了个弯,古街被河拉成了弧形。古街上近百户人家的房子大都是二进二出两层结构的四合院,建筑风格有明清时期的旱船式,也有西方教堂式。这里洋行、商户、茶馆、烟馆、酒店、学校一应俱全,可以想象到曾经的繁华热闹,倒显得今早的青木川冷清寂寞。也许是下雨的缘故,街道上几乎没有行人,只有零零散散的游客在东看西望。木板门口,有的人蹲在那儿吃饭,有的斜靠在门框边,衣着朴素,表情恬静,与这里的原始古朴融为一体,依稀觉得,他们还是上个世纪的人。据说,青木川的形成得益于一个叫魏辅唐的人,他贫苦出身,后成为土匪,在乱世中成为这里的头号人物,靠种鸦片发家,招兵买马置枪,娶了六房姨太,建了数处豪宅,也开办学校,创办剧社,发展商业,使百姓过上了平静安逸的日子,后来魏辅唐在二十世纪五十年代被政府镇压了,八十年代又被平反了。真是人生如戏,戏如人生啊!站在西边高处的辅仁学堂,向下俯瞰,四面环山,金溪河蜿蜒流淌,青木川像一个聚宝盆,静静地躺在山水之间,既不张扬,也不谦卑,自自然然,落落大方。我心生奇怪,这么偏僻的角落,竟生成这样一种气质雅致的青木川?似乎和这里的偏僻格格不入,但似乎又觉得青木川就该是这个样子,和我想象中的一样。

2007 年 10 月 9 日

山月相映　阴阳成趣

我虽然年岁不小了,好奇心却愈发重了。去年暑假,圆了喀纳斯湖梦之后,意犹未尽,又马不停蹄地从新疆飞到了牵绕我的敦煌。

敦煌位于中国甘肃省河西走廊西端,古称沙洲,汉武帝元鼎六年(前111)置敦煌郡,是古丝绸之路上的名城重镇。所以,敦煌其为"敦,大也;煌,盛也"。可以想见,这里曾经的繁华。可如今的敦煌,已难现当年的景象,虽然已由郡升格为市,但也掩饰不住如今的冷清。好在人们到这儿的目的是慕莫高窟之名而来。敦煌壁画,可以用瑰丽多彩、美轮美奂来形容,特别是目睹各种姿态、大小不一的"飞天",更让人情绪振奋。在此之前,我从电视、芭蕾舞剧、绘画……领略过它的飘逸飞舞,但总觉隔山望水,意犹未尽,如今终于亲临其境了。我虽对宗教所知甚少,但仍能从壁画中感受到佛教文化的源远流长、博大精深。让我饶有兴趣的是,它也绘制了许多当时人民生活的情景,一组画,往往就是一个故事,形象逼真,现身说法,生动感人。莫高窟里除了45000平方米壁画外,还有3390余尊彩塑,惟妙惟肖、精美传神。当我仰望世界上最大的室内佛像时,不由得肃然起敬。弥勒佛微笑的神态强烈地震撼着我的心灵,我突然悟出,人的最高境界是从容,是大度。可要达此境界,又岂是一朝一夕所能?

我回望整个莫高窟,不由感慨大自然的神奇和古代人民的智慧,在这样一个荒凉的沙地上,竟拔高而起一座令世界震惊的石窟,特别是看到一棵棵郁郁葱葱直插云霄的大树时,更让我惊叹。周围的沙漠赤地千里,寸草不生,一片死寂,这里却绿树成荫,花草茂盛,生机盎然,同一片土地上,却迥异得像两重天,何也?

　　到了敦煌的鸣沙山,我的疑惑就更重了。满眼望去,黄沙漫漫。流沙常年积聚而成山,最高峰达1715米,烈日当空时,沙鸣雷动,当地人名为鸣沙山。山间沙垄相接,甚为壮观。我骑着骆驼上到顶峰,又从顶点滑沙而下。滑沙没有我预料的刺激,不过手脚放在沙子里感觉很奇妙,细绵滑爽,温凉宜人。月牙泉位于鸣沙山环抱之中,沙填不淹,水质甘甜,有圣泉之称。月牙泉形似一弯明月,周围的沙山倒映水中,山月相映,堪称大漠奇观。沙漠里怎会形成这样一潭水汪汪的泉?

　　我赤脚盘坐在月牙泉旁,摸着五色小沙石。据传这是当年李广抗击匈奴时,兵败过此,风沙把他们埋在这儿,后来这里的沙石就变成了五色,这五色石竟有这么悲壮的来头!

　　我在感动的同时,刚才的一个个疑惑突然有了答案:上帝在创造世界的时候,遵循了阴阳对应原则:人有男女,动物有雌雄,万物分阴阳。所以,天阳地阴,山刚水柔……一切都是对应互补的,也是和谐完美的。月牙泉的一弯柔水,呼应了沙鸣山的巍峨。绿洲恰好衬托出沙漠的一望无际。

　　大道至简,道法自然。

2007年9月12日

天上有个顶天寺

人对于一个地方牢固的记忆,往往因为这个地方的人。

从二十世纪九十年代起,我们就和礼泉有了缘分,源于礼泉有两位老朋友。

近二十年来,我们多次去礼泉,三四月份,是礼泉最漂亮的时节,简直可以说是个花的海洋。粉红的苹果花、白色的梨花、艳丽的桃花、黄色的油菜花。走在礼泉的大道小路,让人眼花缭乱,目不暇接,空气里也弥漫着香甜的味道。今年春节期间,又再次来到礼泉,烟霞镇的袁家村给我留下了深刻的印象,仿古建筑、青砖灰瓦、拴马桩、碾盘、茶楼、油坊、酒吧、豆腐坊,我最喜欢,所到之处,溪流蜿蜒,清澈见底。在早春还有些寒冷的时候,缓缓流淌的水给这里增添了欢快的气息,朋友说,这是泉水,前边不远的山上有一个烟霞泉,水是从那儿流出来的。烟霞,多么诗意的名字!前几天的清明小假,经不起老友的相邀,又来了礼泉。看着北边灰秃秃、低矮矮的山,我说今天就上上你们这儿的小山吧。朋友不语,然后笑笑说,这个山叫九嵕山,因为有九道山梁,像九条龙,因而得名。我心里对这山名颇不以为然,小个子戴了顶大帽子嘛。没想到,越往上走,越让人惊奇,山势奇伟,峰顶怪异,从不同角度看,不同的意象,既像大象又像牛,还有点像八抬大轿。原来这就是大名赫赫的昭陵,它首开了唐代帝王因山为陵的先河。峻山主峰海拔1188米,陵园周长60公里,面积2万余公顷,有陪葬墓190余座,营建工程历时120余年,是中国乃至世界上最大的帝王陵园。我一边仰望着高大巍峨的山峰,一边自嘲着自己短浅的见识。站在陵墓的最高处往南俯瞰,一望无际的辽阔平原尽收眼底,山脉起伏腾跃,似龙凤飞舞。遥想杜甫当年登泰山而"会当凌绝顶,一览众山小",不知他登了峻山,又会发出怎样的惊叹,我自愧,没有"诗圣"的神思和妙笔,只能用贫乏的词语反复赞叹:太美了!太壮观了!

再往上走了一会儿,到了顶天寺。传说杨玉环从马嵬坡逃难至此,静神休养了一段时间后,就东渡日本了。

好一个顶天寺!确实顶天而立,从下往上看,似在云端,要爬上去,需要花些气力,等我气喘吁吁到达时,顾不得喘口气,就被寺庙里传出的木鱼声所吸引。在这样与云相接的地方,木鱼声格外清脆响亮,能飘出很远很远。走进寺庙,住持是一个五十岁左右的尼姑,慈眉善眼,我向她打问:"这就是顶天寺吗?""为什么门上没有寺名?"住持缓缓地说:"礼泉有个顶天寺,把天摩得咯吱吱。"啊,明白了,这样的顶天寺只有一个,也只能有一个。我绕着顶天寺走了一圈,如在云雾中仙游,寺庙周围开满了各种花,鲜艳的牡丹更让人有一种仙境的感觉,难怪贵妃会选择这个地方。

在顶天寺的东面,沟壑纵横,满山遍野的迎春花、紫堇花。我们走在山梁上,四下张望,只见北面山梁中间,像有一条绸子在飘动,朋友说,那就是泾河。泾河是黄河的二级支流,也是渭河的最大支流。干流发源于六盘山东麓宁夏回族自治区泾源县马尾巴梁,向东流经甘肃省平凉市及泾川县,至马莲河入口处转东南流,经陕西省彬县及泾阳县、礼泉县,于高陵县蒋王村汇入渭河左岸。走在前面的朋友喊:"快过来看!"原来,小路旁边的石头上有许多白色的图案,各种各样的,有的像一朵盛开的牡丹花,有的像一簇簇菊花,有的像天上的云彩,还有一个像一头狮子,五花八门,惟妙惟肖。这是怎么回事?太神奇了,是人画上去的?显然不是。那一定是神来之笔!我想,如此美丽的地方,神仙会经常游逛,累了歇息在这些石头上,听着鸟声、风声、泉声,看着蓝天白云、山花烂漫、草绿山翠,不由得信手涂抹,于是留下了这些图案。

返回的路上,我还陶醉在九嵕山的奇山异水之中,也懊恼自己曾对它的小觑,像河神望洋兴叹曰:"吾长见笑于大方之家",但我想,真的大方之家会海涵我的见少。回来查阅资料得知:礼泉历史悠久,钟灵毓秀,自秦始皇二十六年(221)建县,距今两千多年。夏属雍州,周称焦获,秦叫谷口县(一作瓠口),西汉置谷口邑,属左冯翊管辖,后改为谷喙县,东汉并入池阳,南北朝时改称宁夷县。隋文帝开皇十八年(598),因境内有泉,味甘如醴,且旁有醴泉宫,故更名为醴泉县。1946年,经国务院批准,改"醴泉"为"礼泉"。

也不知还得来多少次,才能对礼泉完全"知之"。

2008 年 4 月 9 日

我眼中的西藏

对西藏的神往由来已久，却一直没有机缘。

今年六月，一次登山回来的路上，朋友们相约暑假去西藏。于是，便有了这次夏末初秋的西藏之行。

来回十三天，行程几千公里，海拔落差几千米，所看所感很多，我几乎理不出个头绪来，但下面几点却固执地留在了脑海里。

西藏的天

我看到西藏的第一眼，是西藏的天。

一下火车，虽已是晚上八点多钟了，但天空依然清澈。蓝天白云，那样的蓝，那样的白，纯净得让人心醉神迷。我久久地仰望着天空，不舍得让视线离开它。

当晚上快要入梦的时候，听到窗户上有落雨声，以为是错觉，趴在窗户上看，果然地面湿了。奇怪，明明刚才还繁星满天，这么快就变脸了？明天的出行麻烦了！带着一丝不安我进入了梦乡。

第二天，睁开眼的第一件事便是拉开帘子，阳光大大方方地走进了屋子，照在脸上、身上，昨晚心头的不悦被这满屋的阳光赶得无影无踪。

在西藏的这段时间里,几乎每天如此:白天万里晴空,晚上大雨纷纷。这也让我对西藏洁净的蓝天白云有了理解,正因为有每晚的雨水清洗,才会使白天的天空干净透亮,夜雨昼晴,绝妙合作!

有了这样的合作,天空像蓝色的海洋,白云像行驶在大海上的帆船,每天只看着这仙境般的天空,已是一种美的享受了!

有了这样的合作,这里一年四季如春,恰好适合人体的温度,不冷不热。我们预备的御寒防热衣服全成了行李,十几天下来,每天行程近百里,竟然没有出过汗!

西藏的地

没去西藏之前,我想象西藏的土地是荒凉贫瘠的!

其实这个错误已在来时的火车上得到了部分纠正。过了唐古拉山口之后,火车两边,雪山连绵起伏,辽阔的草原上,湿地肥美,牛羊成群。去林芝的路上,一路所看到的美景,更让我觉得自己的可笑。拉萨河款款地流淌在两山之间,川藏公路之旁,有时水域很宽,星星点点的小舟在水上荡漾,有时则被树木草地分割成一片片湿地,迂回曲折,像一个诱人的小岛,有些地方也是水急浪涌。

过了米拉山口以后,河的流向和名称发生了变化,从雪山流下来的水汇聚成尼洋河,流向了雅鲁藏布江。到这儿之后,完全远离尘世了,水的颜色变成了碧绿色,没有一丝杂陈,用"飞花碎玉"来形容一点不为过。这样优质的水浇灌的土地,花草艳丽,树木苍翠,青稞壮硕,油菜肥美。

从江孜返回拉萨的路上,经过了三大圣湖之一的羊卓雍措,湖面夹在两山之间,随山势连绵几十公里,见不到湖的尽头。湖畔草地上开满了各色野花,成群的牛羊自由地吃草,野鸭或击水展翅,或水中嬉戏,天地之间罕有人迹,恍惚间,以为自己是在梦中。有这样的景致,长途的辛苦变成了醉人的享受。

西藏的人

说句实在话,奥运之前来西藏,有一定压力。许多朋友听说之后,都说"太危险了吧?!"我嘴上说"没事",其实心里也把握不准,因为之前从未和藏人有过接触。

可十几天的游走,所见藏人不在少数,完全打消了我的顾虑,藏人善良、纯朴、可爱,这些标签深深地留在了我的心中。

第一个认识的藏民,是一个叫曲美泽仁的小伙子,我们雇他的小面包车去林芝。小伙长得高高大大,笑起来有点像许三多,汉语能说能听,但不算流畅,八个小时的路程,基本上是我们问他什么,他回答什么,看到好的风景,他会按我们的要求停车,有时还帮着拍照。一路上,我们都叫他泽仁。泽仁小学文化,兄弟两人,他为老二,已经结婚生子,对父辈们虔诚信奉的佛教他所知甚少,但养家的责任感却很强。走到半道上时,泽仁和对面开来的一个小面包车上的人打招呼,车子停靠在路边,他和几个与他差不多年纪的小伙子亲热地打闹说笑。他们用的藏语,我们一个字都听不懂,一会儿,几个小伙子分别走到我们车跟前,好奇地看看我们,好像我们是什么怪物,大家心里七上八下的,荒郊野外的,该不是泽仁把我们要卖给他们?或者把我们甩在这儿?这样的事情在内地经常会碰到。过了一会儿,泽仁上车了,继续赶路。显然,我们多心了。到了八一镇,我们如约付了车钱,泽仁留了他的一张名片,说如果需要用他的车,就给他打电话。

在布达拉宫广场,几次遇到了藏民,他们大部分是老年妇女,一边走,一边转着经轮,嘴里念念有词,遇到汉人,他们有时会右手举起来,说着"扎西得勒!"如果汉人先给他们打招呼,他们也会非常热情地回敬一个"扎西得勒!"虽只是擦肩而过,可我从他们的眼神中读到的是友好和善良。

我所认识的第二个藏人是在去日喀则的长途车上,快要到时,上来了一个藏族小青年,他恰好坐在我的旁边。看着地上开满的小红花,我请教他那叫什么花,小伙子憨厚地一笑,说他只知道藏语的名字,汉语不知道叫什么,反正是能吃的东西。交谈中得知,小伙子是今年的高考生,已经被河北一所大学录取了,我真为他感到高兴,但从他的言谈和表情看,他很矛盾,既为自己考上高兴,也有一些顾虑,主要是经济上的,家里兄弟姊妹五个,种几亩青稞,养几头牛,一群羊,哥哥姐姐都在外打工,这样勉强维持着一家人的生活。现在,他每年5000多块钱的学费和数目不少的生活费成了全家的重负。为了凑学费,家里已经四处借债了,懂事的他也在附近的工地上打工,每天能挣40块钱,他不时地搓着又黑又脏的双手,不过,说到未来,这个叫旺堆伦布的小伙子脸上露出了灿烂的笑。他说妈妈一辈子很辛苦,从没有走出过大山,他将来要好好孝敬妈妈,他还说要好好回报姑姑,这几年上高中,都是在姑姑家吃住,姑姑每天督促他学习。车到日喀则后,我们告别了这个肤色黑黑、牙齿白白,有些羞怯的小伙子。

在日喀则小布达拉宫的旁边,有一条小山路通往扎什伦布寺,沿途我们走进了一个依山而居的藏民家里。小姑娘穿着紫色的藏袍,见了我们含羞一笑。家里的大人很多,显然这是个大家庭,主人热情地把我们让进屋,倒酥油茶、端红豆。一个慈祥的老奶奶坐在凳子上,用小刀切菜花,旁边人说老人退休前是教师,家里今天过事,祭奠死去一周年的亲人,专门请来了四位法师作法,超度亡灵。我们走进家里的经堂,果然有四位身披红色袈裟的法师在诵经,经堂布置得富丽堂皇,供奉了大大小小几十尊佛像,酥油灯把整个屋子照得暖洋洋的,阳光恰好从窗户射进来,洒在法师们的衣服上,给整个经堂增加了一道神秘的色彩。离开经堂,我们参观了客厅,沙发绕墙一周,坐垫铺着漂亮图案的毛毯,毯上竖放着圆形的靠垫,一面墙上挂满了三好学生奖状,客厅给人温馨舒适的感觉。这是我亲眼看到的藏人家庭,安宁而幸福!

参观色拉寺时,有祖孙二人坐在殿堂前的台阶上,我看小孙女可爱,说:"阿姨和你照个相,可以吗?"小姑娘马上扑到我怀里,甜甜地对着镜头,其实,小姑娘和爷爷既不会说汉语,也不太能听得懂,但他们没有拒绝我,反而很友好地满足了我的要求。

西藏的牲畜

人们说西藏是离天堂最近的地方,我感觉西藏分明就是天堂,生活在这里的人,和善、美好,连牲畜也那么自由幸福。

让我惊奇的是,在布达拉宫磕长头的朝圣者队伍中,有几只狗也和主人一起来朝圣。它们长长地舒展着四肢,匍匐在地上,它们和主人不同的是一磕不起,真正称得上是长头了,是更虔诚,还是偷懒?只有它们自己最清楚了。在拉萨市的任何地方,甚至寺庙里,都可以看见狗自由自在的身影,或独自流浪,或跟随主人漫步,或躺卧在大街上睡午觉,汽车、行人从旁悄悄地经过,不去打扰狗的美梦。

去林芝的路上,不时看见摇摇晃晃、四处觅食的猪,看来,西藏不仅狗是自由的,连猪也获得了放养的权利,它们三五成群结伴而行,走街串巷,翻山越岭,哪里有好吃的,就去哪里。这样的生存方式,既为主人省去了许多麻烦,也为自己争得了一份自由,真是两全其美,难怪它们一个个长得膘肥体壮!

牛呀、马呀、羊呀就更不用说了,它们拥有世界上海拔最高的天然牧场,饿了,可以吃鲜嫩肥美的草;渴了,可以喝没有任何污染的矿泉水。同行的诗人羡慕地说:"在西藏,做牛做马都幸福!"

西藏的寺庙

我对佛教怀有敬畏之心,对西藏这块圣地,更充满恭敬。可惜,佛学所知甚少,这次进了不少寺庙,大小不下十个:布达拉宫、大昭寺、小昭寺、罗布林卡、木如寺、下密寺、色拉寺、扎什伦布寺、白居寺等等。这使我对藏传佛教更加膜拜,但对它深邃的内涵还是一知半解。

各处寺庙里的佛教壁画,给我最直接的感官是震撼。每一寺庙都别具特色,可能和宗派及笔法有关,有的大到一面墙,有的小如手掌,但不管大小,都笔法细致、形象逼真。特别是白居寺的十万佛塔,七十七个门洞里供奉了七十七个佛塑,三面墙上彩绘着每一个佛的各种化身和故事。历经六七百年的风雨洗礼,壁画的色彩依然清晰艳丽。当我走到千手观音的壁画前,感到观音慈悲关爱的眼光注视着我,直至内心。

除了壁画之外,吸引我的还有寺庙的建筑。布达拉宫的宏伟,大昭寺的肃穆自不必多说,我也非常喜欢扎什伦布寺的格局,几个大殿勾连迂回,整个寺院像一个自然村落,大道小巷纵横交错,因山势而高低起伏,喇嘛们自由地穿行在其中。据说这里现有僧人近千人,有七八十岁的老人,也有不到十岁的孩子,更多的是年轻人。在诵经打坐之外,年轻的僧人们也偶尔会嬉笑打闹,看到这样的画面,我倒觉得十分有趣,他们毕竟也是活生生的人,也需要一定的娱乐啊!

西藏之大,不是十三天就可以走完的;西藏之神秘,也不是来一次就可以探究清的。许多美丽的地方还没有去,许多有趣的事情还没有了解,留在下次、下下次吧!

　　一次西藏之行,让我迷恋上了西藏,缘于它的天、地?还是人、寺庙?好像是,又好像不完全是,说不清楚,就是迷恋!

2008 年 8 月 14 日

也看桂林的山水

我向来对名闻天下的美景兴趣不是很大,反倒爱流连于名不见经传的地方。

"桂林山水甲天下"早有耳闻,却一直没有探访的冲动。今年暑期,无奈地放弃了其他打算之后,选定了桂林。主要是桂林离女儿实习地——深圳较近,可以顺道去看她。

到了桂林,我才知道,名胜就是名胜,它确有名扬天下的资本。

黄昏时分,飞机降落在桂林的两江机场。透过机场大巴的窗玻璃,依稀可以看到桂林的山,小巧多姿,完全不同于北方山的巍峨险峻。到了市区,马路蜿蜒,顺江而行,不多远就有一座桥。每座桥结构不同,灯光下的江面波光粼粼,不时有大船小伐漂流而过。我们落脚在桃花江边,西门桥头的安华酒店。没有想到,在网上随意订的酒店竟巧合了心意,江边、桥头,多么诗意!月光下的桃花江,风韵十足,两岸垂柳依依,沿江游人悠然闲步,三两渔翁垂钓,乘凉聊天于亭阁台阶、桥下,还有一老者,赤膊着古铜色健硕上身,对江鸣号,号声嘹亮激昂,多半是个退伍军人吧,似乎从号声中寻找当年军营的感觉。过了南门桥,许多人小心翼翼地在江中行走,我们也脱鞋下水。经过一天的暴晒,水温温的,踩在里面真舒服,听一当地人讲,能够走的这一段,叫洪桥,水大时过水;

水小时,人是可以在上面行走的。今天算是水大了,要过江,就得下水了。其实许多人仅仅为了蹚水而蹚水。我没有想到,在桂林,江可以这样让人亲近。继续往前走,不远处是文昌桥。过了文昌,进入另一个江域——漓江流域。

第二天一大早,我们乘船游"两江四湖",才知道桂林不仅有漓江、桃花江,还有彬湖、榕湖、桂湖、木龙湖,可以套用刘鹗《老残游记》中的两句"四面荷花三面柳,一城春色半城湖",荷花改为桂花,柳树变为榕树,即为"四面桂花三面榕,一城秋色半城湖"最为恰当了。烟雨之中,江湖凄迷,山水相映,让人感叹,上帝为何要如此偏爱桂林?让它既不缺城市的繁华,又蜿蜒在两江四湖之中,群山环绕之内,这大概应该算是人类最理想的栖息地吧?

来之前听朋友说,到桂林不能不去阳朔。阳朔,听起来就觉得有味道。我们从冠岩乘竹筏沿漓江而下,真正做了一回江上人,两个多小时的漓江漂游,看尽了沿江的风光美色、杨堤风光、石人推磨、浪石览胜、九马画山、黄布倒影、螺狮山、鲤鱼山等等,真是美不胜收!到兴坪码头下了船,顺着沿江的竹林小径,进入兴坪古镇,这个有着近两千年历史的古镇,如今已经荒废,不过我倒喜欢这种没落的感觉,青石板路,旧木板房,几只小狗,略少行人,苍凉而又古远,好像能触碰到三国时人的脚后跟。

到了阳朔,和兴坪古镇的感觉完全两样,特别是西街,繁华喧闹、洋气十足,不管是商铺、旅店,还是住户、游人,各种肤色的人都有,我们住的旅店老板就是一个英国人,阳朔成了一个大千"小世界"。这个地方最诱人的莫过于晚上坐在江边的露天酒吧,喝着酒聊着天,很是惬意。

朋友还说,到了阳朔不能不骑自行车。第二天,吃完早点,我们租了一辆单车,大概问了一下大方向是荔浦,就出发了。多少年不骑车了,没有想到,老技术还在,再加上一路上的青山绿水,感觉好极了!不时有一些骑车的人超过我们,虽然不认识,大家擦肩而过时,都会笑一笑打个招呼,心里暖乎乎的。这是个什么地方,人人都这么友善,仙境也不过如此吧!蝴蝶谷、大榕树、月亮山、书童山,一路全是好风景,只是由于时间的关系,没有骑到著名的荔浦罐头故乡,就返回了。途经遇龙河时,站在矮山大桥上往下看,河水轻盈,竹影婆娑,小船荡漾,很美的一幅油画,忍不住走进画中。下了桥,见一农人闲坐在桥下,一水牛正在水中沐浴。闲聊中得知,每天傍晚,他都会让牛在这儿洗澡。正说着,从桥的一侧坡小路上下来一大一小两头牛,牵牛人竟是一个上了年纪的老婆婆,身子弯成了虾米。农人告诉我说,老人每天也来这里放牛,她一生很辛劳,身子才弯成那个样子。看着人心里很难受,但老人从我身旁经过时,却神情淡定,不卑不亢,径自把牛拴在河边的石头上,默默地从桥的另一侧上去了,估计又去忙别的了。这样自立勤劳的老人让人肃然起敬。遇龙河,今天在此虽然没有遇着龙,却遇到了三头牛,以及和牛一样任劳任怨的人。

  似乎有点明白了,上帝为什么会垂顾桂林。又似乎没有完全明白,不去琢磨它了。反正,有山有水的桂林,我喜欢。

2009 年 8 月 18 日

再去商洛

毕业快二十年了,没有见过老班长,心里常常想起,又常常放下。

有一天,显然是放不下了。三月初,约了几个同学去了商洛。其实,真正要上路了,也就几个小时的翻山越岭,一下子就把二十年的时间抹去了。望着老班长熟悉而又陌生的面孔,心里有说不出的滋味,被这里二十年的时光浸泡,很难再是原来的班长了。他多了几道深深的皱纹,多了陕南人的几分淳朴,似乎也多了些当地职场人的味道,只是偶然的一言一笑间,还能捕捉到当年的面影和气息。

初春的金丝大峡谷,游人很少,虽然山色枯黄,水却清亮可人。山间小路上留下了我们无拘无束的笑语欢声,似乎大家又回到了二十年前。

自此以后,老班长来西安走动的多了,每次总能带来爽朗的笑声,笑声里总有商洛的山山水水。

今年的毕业25年相聚,老班长也想把大家放在他生活了25年的山山水水里,于是就有了筹备组的商洛之行。

他的办公室里,角角落落摆满了形状、大小、颜色不同的石头,一下子吸引了我们这些山外人的眼球,惊呼着这个漂亮,那个好看。老班长说:"看上哪个拿哪个。"一番挑拣、比较,每个人都选定了自己中意的石头,这才落座。抬眼看去,窗户外面天山相衔,满山遍野的花吐着芳香。我冲到阳台,问班长:"那是什么山?""二龙山"。"我们要去上二龙山!""好!吃完饭就去。"

我这个山痴,走到哪儿,看见山就想上,差点忘了这次来与班长商议聚会的事。

吃饭间,很快就定好了聚会的时间、路线和其他事项。

来商洛的路上,天还阴沉沉的,没想到,我们要上山了,天一下子放晴了。走了不远,就到了二龙山,山不算很高,土石相间,高低矮坡处总有人家。蓝瓦白墙,鹅黄的柳丝轻轻垂浮在屋顶房檐上,桃树正开着粉嫩的花,这田园人家的好风景,真让人羡慕。

上了几十个台阶之后,到了山顶,一座关公庙坐南朝北,香火缭绕。沿庙往四周望去,再没有高山了,低处却有很大的一个湖泊——仙娥湖,在湖的中间有一个圆形的岛,四边山峰刚好围住了它,此所谓"四龙戏珠"也。俯瞰,的确是一幅很美的山水图画,仙、龙、珠全都有了,难怪湖水碧绿如玉,有仙气浮动。

这么美的水,不近,于心不甘。翻山而下,一会儿到了水边,果然纯净透亮,搭乘一小船,绕"珠"一周,清风拂面,山清水秀,花香鸟语,同学相伴。不由感叹,此情此景,美哉乐哉!

我带回来的商洛石头,此刻静静地靠在墙边,白色的线条在青石上勾勒出浓淡相宜的山水云峰,如商洛山水的缩略图。

2009 年 3 月 25 日

汉中三月天

秦岭以南，可以说是陕西的南方了。但同在南方，由于所处位置的偏差，汉中、商洛、安康不尽相同。

上周刚去了商洛，领略了商洛的山山水水，这周末来汉中，不知道三月的汉中会是什么样的？

车一过秦岭，山势就不一样了。没有了险峻的高山，只见一座座秀气的小山丘，汉江水一直流淌在高速公路的一侧，放眼望去，满眼黄亮亮的油菜花，刚下过的一场春雨，花显得更加鲜亮。

从城固下了高速，我们沿316国道直奔西乡。老实说，我还是第一次听说西乡县的名字，以为它是城固的一个乡，为此，被同来的朋友好好地笑了一回。但觉得能饱览一路的好风景，笑了也值。

西乡完全一个江南水乡的模样，蜿蜒流动的牧马河两旁，长满了水草、绿竹和白杨树，小麦和油菜花把河岸的坡地浸染成春天最抢眼的色彩，绿中有黄，黄中透绿，怎么看，都是好风景。有些池塘里，水牛和农人在耕作，关中长大的我，怎么也看不明白，他们在水塘里忙活什么。远远地看去，那一人、一牛，使这一幅田园风光有了生气和温度。

西乡人最骄傲的地方是午子山了。我一开始总把它和子午峪混在一起,我不知道,这秦岭的一南一北,怎么会有子午、午子这么巧合的地方,而且也都有观。子午峪里的金仙观和这午子观有没有关系?

关于午子山有一个美丽的传说:不知道什么时候,山峰上来了一位美丽的姑娘,姑娘说她因为出生于午夜子时,所以人们叫她"午子姑娘",这位午子姑娘在山顶种植了一片片郁郁葱葱的茶树。每日清晨,午子姑娘便笑眯眯地提一个泥陶壶,从山腰一个像龙脖子一样形状的山洞里汲来了清泉水,再用青冈木木炭把水烧沸,在紫砂杯中放入茶叶,精心冲泡后,敬于客人。午子姑娘以茶待客,方便民众之事,在方圆几百里,被传为佳话。连远处的一些名人雅士、禅师道长、僧侣儒生都慕名而来。登山求茶者品尝后赞不绝口,茶客们你来我往络绎不绝,午子姑娘日复一日辛勤地忙碌着。一日,有一从南方专程到此的嗜茶高僧代表众茶客送午子姑娘对联一副,贴在茶棚门框之上。上联:"龙脖洞中水",下联:"午子山顶茶",横额:"仙境双绝"。他向众人解释道:"此'双绝'乃指两双,即茶与水,环境与美女也",后来被人们称为品饮"四要"。据传还被茶圣陆羽收集到《茶经》之中。每年清明正午时分,人们只要在当年午子姑娘搭起茶棚的石桌石凳上,摆上泥砂陶壶,紫砂茶杯,生起青冈木炭火,汲来"龙脖子洞"中的泉水,午子仙女将会在你不知不觉中降临,像当年一样为你做一次精湛的茶艺表演。当地有不少老人曾有幸观赏到这一人间奇观。为了纪念美丽善良的午子仙女,人们把每年清明前在山顶所采的新茶嫩芽,看作是午子姑娘的化身,取名为"午子仙毫"。在当年午子姑娘搭起茶棚的地方,修建了一座"道观",取名为"午子观",在她跳崖的地方栽满了白皮松,还把午子姑娘跳崖后变成一只美丽的金凤凰后飞过的那座山头,取名为"飞凤山"。飞凤山下的那条清澈的小河的源头,据说就是午子姑娘当年取水的那个"龙脖子洞",于是人们便把这条小河取名为"泾洋河"。如今,每逢清明时节，西乡县城的人们攀登午子山，朝拜午子观，品午子仙毫茶。到飞凤山留影，来泾洋河荡舟，观山中景色，谈论午子仙女的传奇故事。这已成为当地的传统习俗和人们茶事活动中的一大乐事。

难怪登临午子山的感觉非同一般！我这次虽然没有幸会到午子姑娘，但下山的时候，过山门口，一个老者靠门洞墙壁席地而坐，表情肃然地吹着箫，箫声悠扬，哀婉伤感。已经走了好远，我回头望去，夕阳下，老者倚在山门，仍执着地吹箫，有一种悠远、苍茫、轮回、孤独，心中戚戚然的感觉。

第二天一大早，我们离开西乡，远远地还能看到昨晚吃饭的地方——"樱桃沟"三个字。在北边的山坡上，西乡人巧用樱桃树形成这两个大字西乡。西乡，不仅茶名天下，到了五月，满山遍野红色的樱桃果，像大海一样蔚为壮观。

这个季节来汉中，一定要看油菜花。当地朋友介绍说，南郑县盐井乡昨天刚举办了油菜花节，那里的油菜花非常好看。我们在途中问路时，指路人的川陕口音，阴差阳错地把我们引到了一个茶园。沿小路走到坡顶，往下看，沟沟壑壑，全是茶树，对面的茶坡上，一行行茶树中间，星星点点地有许多采茶人，大部分是妇女，少有男人，和我们想象中的午子姑娘相去甚远。就在大家有点失望的时候，却突然发现，在不远处的高墚上，有一个穿粉红衣服的小姑娘，正蹲在茶树跟前采茶，小姑娘白净的皮肤，头顶红底花布帽，像个小仙女一样。她小手飞快地摘着茶尖，看我们看她，有点不好意思地低下了头，但小手却没有停下来，我问小姑娘几岁了，她说九岁，正在读小学，礼拜天跟着妈妈来采茶。她那么认真地干活，一看就知道，她绝不是顽皮的孩子来茶园玩的。我想，那么纯净的眼睛，那么灵巧的小手，采摘的清明前茶，味道一定不比"午子仙毫"差。

今天看报才知,昨天是农历的三月三,上巳节,中国传统的"女儿节"。这样一个美丽的节日,于汉中这么美丽的地方,相识"午子姑娘"和南郑采茶小姑娘,可以说是一种美缘。

错失的油菜花,明年再来。

2009 年 3 月 30 日

永靖原来这样

去永靖之前,从未听说过这个地方。去了之后,才发现永靖原来早早就在这儿,且好好地在这儿。

离开西安时,尽管已是晚上十点,依然能感受到滚滚的热浪。枕着铁轨,睡了一觉,一早到了兰州。一阵细雨落下来,马上清凉宜人。一碗纯正的兰州牛肉拉面下肚,更加感到神清气爽了。出了兰州,向西南方向进入了永靖境内。一个半小时的路程,全部在山区行驶,各种地质结构的山峰,几乎荒秃秃的,有时,远远地可以看到一棵树挺立在山头,孤独而骄傲。永靖,无非都是些荒凉的景象?

一到永靖县城,就被一座壮观的太极桥所吸引。桥足有一里长,通往桥那头的是个很大的广场,名曰太极广场。而流淌在桥底下的水竟是赫赫有名的黄河水。在我的印象中,要看黄河,不是那么容易的事情,我几次看黄河的经历,都和路途遥远有关,俗语所说的"不到黄河不死心"既比喻不达目的不罢休,也有要到黄河,路途遥远的意思。未曾想到,永靖却让黄河这么轻易地呈 S 形穿城而过。因为有了黄河水,这座小城,少了北方小城的呆板,倒有了江南的清秀和灵动。顺黄河水西行几百米,偌大的一片黄河湿地便呈现在眼前。在河对岸,独特的丹霞岩壁,像一幅巨大的水墨画卷,夕阳西下,两霞黄红交相辉映,连黄河水也霞光熠熠,此时天地水草一色,好像一个新世界诞生了。

湿地的深处,到处是随风飘荡的芦苇和荷塘,红色、白色、黄色的百合花,纯净如处子一般,花瓣上、荷叶上的露珠个个晶莹剔透。三三两两的游人,有的在垂钓,有的在闲步,还有一对新人在拍婚纱照。船头边、垂柳下,何处不是美景?湿地上空,时不时有水鸟划过,发出悦耳清脆的声音。当地人说,湿地有鸟岛,也由于这里温度适宜,沙鸥、苍鹭、野鹤等很多鸟类都迁徙到这里过冬,蔚为壮观。

过了鸟岛,有一个码头。许多船只停靠在这里,一个姑娘拉我们上她的船,说是可以带我们去恐龙博物馆。想不到在这儿竟有人类史前的足迹,我忍不住想要去看,由于天色已经暗了下来,便打消了这个念头。

第二天,我们向东,驱车前往炳灵石林。看过大理的石林,听过桂林的石林,炳灵石林还是第一次耳闻。一路上起伏多变的黄土高坡,给人亘古的感觉。黄河一直在我们的视线之内,时远时近,站在一个高坡上,远眺黄河,浩渺如大海一般,黄河两岸的沟壑层峦叠嶂,如此大的天地之间,鲜有人迹,就我们几个匆匆过客。到了一个更开阔的地方,往上看去,一个精致的塔楼矗立在云端;往下俯瞰,炳灵石林尽收眼底,我被眼前的景象所震撼。形状之多样,规模之宏大,气质之苍凉,确是我从未见过的。面对大自然的神工鬼斧,我的语言显得如此贫乏。我们一边感叹着,一边往下走,下了1700个台阶,到了石林的谷底,从下往上,再看,又是另一番景象。蓝天白云下的石林山峰显得突兀、奇特,仔细看去,峰体上布满了许多坑窝,大小不一。当地人讲,坑窝是长期风化而成的丹霞地貌。行走在石林的峡谷里,恍如回到了荒原时代,几千年、几万年、甚或几亿年!小小的我,此刻处在一个什么点位上？我似乎触摸到了时光隧道，又好像没有，真有点迷迷糊糊了。

前方出现了一个寺庙"炳灵下寺"，我很好奇这寺庙的名字，莫非还有一个"炳灵上寺"？寺里的住持热情地接待了我们，也解惑了我的问题，原来炳灵寺石窟建于北魏时期，距今已有1700余年历史。石窟群由下寺区、上寺区和洞沟区3部分组成，有石造像近700尊，泥造像108尊，石质泥塑27尊，各类佛塔56座，壁画约1000平方米。它融汇东西、汉藏历史文化，绵亘千年，堪称中国石窟的百科全书。不看不知道，一看吓一跳，原来在黄河岸边，竟隐藏着这么一块瑰宝。至今为止，我才真切地体会到，"黄河是中华文明的发源地"这句话的分量。

游览完石林、石窟、壁画，我们乘船返回永靖。尽管大家一致要求开快艇的小伙子不要开得太快，但他还是把船开得如火箭一般，黄河两岸的景色如幻灯片一样被一幅幅切换过去。也许是天意，小伙子在肆意发挥他的手艺时，船搁浅了，他处理故障时，我们倒有了一点时间慢慢赏景。离开码头之后，黄河水越来越清，对面的快艇开过来，在它身后像拖着一条玉带，在水最清澈的地方，我们的船又停了下来，小伙子说没油了，需要加油，太好了！船遂人意！这么清澈的黄河水，我还是第一次看到，浑浊是我对黄河固有的印象，没想到这里的黄河水竟然如此清亮，我们靠窗的人，禁不住用手捧起黄河水，喝上一口，清爽甘甜，又再喝了一口，我要让清澈的黄河水在我的肠胃里留存得多一些。向远方望去，这里没有人烟，只有两岸的山峰耸立，红崖丹壁，秀美壮丽。船靠近刘家峡水坝时，河水由碧绿慢慢变黄，直到完全成黄色。我禁不住一阵悲凉，接近人的地方，大自然很难保有原样。但不管怎样，我总是见过了黄河最清丽的样子。

永靖的美远非这些,大禹治水的足迹,古老而神秘的傩舞,色彩斑斓的陶艺,"花儿"美妙的旋律,可惜这些我们都无缘一一领略了。

其实,两天所看到的已足以让我回味很久。

2009 年 7 月 6 日

离天堂不远的地方

不知怎么地,这两天总会想起那片梯田,那片位于桂林北边,叫龙脊的地方……

下了班车,一大群瑶族妇女围拢过来,要替我们背包,开车的李师傅把一个叫柳燕的姑娘介绍给我们,说如果今晚要住她家的话,跟着她走。小姑娘瘦瘦的,很机灵的样子,笑得甜甜的,反正住的也没有着落,就她家了。

走了不远,远远看见了寨门,悬浮在泉水之上,青瓦木梁,旁边一个很大的黄色石头,刻有"大瑶寨"三个红色大字,这就是著名的大寨了!来时听同车的人说,看了大寨,其他寨子就不用看了。寨门里一个妇女抱着小孩向我们笑着,柳燕显然认识,那瑶族妇女除了头上顶了个很大的发髻之外,她的耳朵也出奇得大,好像要被一对很大的银耳环吊坠撕扯下来。我不忍多看,问她疼不疼,她摸摸耳环说:"一点不疼,结婚时就戴上。头发也是结婚后再没有剪过。"难怪,见过的每一个上了年纪的瑶族妇女,都长发、垂耳!

往里走,半坡上有一大片错落有致的瑶族山寨。蓝蓝的天空下,灰色的瓦房,绿油油的梯田,我被眼前的景致迷住了,以为到了仙境,在我不住地感叹之后,柳燕笑着说:"好看的还在后头呢!"她说,大寨被称为金坑,共有三个景区,她家在一号和三号之间,我们要路过二号。

景区里所有的路都是小路,蜿蜒崎岖,上上下下,每一处景致都不一样,有的小山如螺,有的大山成塔,层层梯田里的禾苗随着微风翻卷着道道绿波。经过一片民居时,一个六十多岁的瑶族大婶站在自家的木楼前,热情地和柳燕打招呼,我一个字都听不懂,可能是瑶语吧。她一会儿走到我跟前,说要给我背行李,我不好意思,可她说照顾照顾她,我才恍然,这些瑶族妇女,靠替游客背东西能挣一些零花钱,仁慈反而是对她们的不仁慈,我索性就让这位大婶背了。没有想到,我刚才背着包气喘吁吁的,大婶却轻松如常,小脚走得飞快,空手的我,后来竟然赶不上她了。

走了两个多小时,终于到了柳燕家。差不多是景区的最高点了,柳燕妈妈热情地迎接我们,给我背包的大婶早已到了,等在门口。柳燕领我们看了住的房间,顺着木楼梯到三层,梯田就在窗户外面,房间虽小,但床铺干净,还带有卫生间,不错,就住下了。柳燕的妈妈准备晚饭,我们在楼下一层随处看看,一台电脑,还可以上网。厨房外面的墙上贴满了照片,拍得很不错,一问才知,作者是住在柳燕家的法国摄影师,他在这儿已经待了三年,写了一本介绍龙脊的书,照片拍了无数,墙上所看到的,有梯田一年四季不同的风光。春天的梯田,灌满了水,太阳照射下银光闪闪;夏天,一片绿色的田野;秋天最美了,熟了的稻田,满山铺金,流光溢彩;隆冬时节,银装素裹,把梯田和山寨都嵌入了冰清玉洁的童话世界里。好一个浪漫的法国人,看尽了这里的所有美丽。他自己看还不够,这两天又约了三个朋友来,正说着,他们就下来了。

坐在窗边,喝茶聊天,看着外面的美景,除了鸟鸣声狗吠声,再没有任何喧哗,宁静悠然。窗外的小路上,不时有人路过,迎面的都要打声招呼,不时地有狗来回从门口路过,是回家还是串门去?生活在这儿的狗也是幸福的,怡然自得,肯定没有城里狗的憋屈和无奈。当时,我心里有一个念头,丽丽(我养的小狗)要是生活在这儿就好了!

忽然听到有唢呐声、锣鼓声,问柳燕,寨子里今天有什么活动?她说一个老人去世了。我想去看看,循着声音,我们走进了寨子里,刚巧碰上一个出嫁的女儿回来奔丧,后头跟着一群人,一只活生生的大肥猪被人五花大绑地抬着,这算是瑶家女儿最隆重的祭品了。门口两边贴着绿色悼联,屋子里设有老人的灵堂,我为老人敬了香,生死相交,也算是有缘吧。亲戚们围坐在火炉边,默然地为老人守灵。回来的路上,碰到一个小伙子在路边割草,我问:"是给牛割吗?"小伙子说:"不是,草太茂盛了,会妨碍行路。""是派给你的活吗?"小伙子不好意思地说:"不是,闲着没事,做做。"

回到柳燕家时,天完全黑了,饭也好了。第一次吃竹筒饭,很香,一股新鲜竹子的味道渗透在每一粒米中。柳燕说,做竹筒饭很费时间,要提前几个小时泡米,把米和菜装进竹筒后,要在柴火上烤三个小时才能吃,她们也是在节日的时候才能吃到。吃完饭,想在外面散会步。望着漆黑、寂静的夜,退了回来。早点上床休息,享受凉爽的夜晚,伴着房外的潺潺泉水声,很快入睡了。

醒来时已是清晨。洗漱完,冲下楼去,想看看早晨的梯田,不巧是个阴天,看不了日出。但浓云薄雾下,梯田和山寨犹如水墨画一般,若隐若现,徒增了许多神秘。一会儿,昨天的大婶来了,还要替我们背东西,而且要领我们去看三号梯田,大婶今天格外漂亮,穿了一件蓝色碎花上衣,镶着花边的小黑短裙,仔细看,老人皮肤白净,眉清目秀,年轻时肯定是瑶寨美女。在我们转三号梯田的路上,遇到了一个老婆婆在用竹竿疏通水管,大婶与她好像很熟。其实这两天里,但凡遇到的人都很熟,尤其是在金佛顶,四五个和大婶年龄差不多的人,手拉着手,像亲姐妹一样,谈笑风生,有一个还打趣说要把我留下来。

  这么美的地方,我巴不得能留下来呢。只是这么美的地方,是数百年来瑶族人祖祖辈辈用勤劳智慧的双手开垦出来的,只有他们才配享受这天堂一般的地方!

2009 年 8 月 25 日

何处染尘埃

这次去福建旅游,最吸引我的不是鼓浪屿,不是武夷山,而是客家土楼。

我们从厦门乘大巴到田螺坑下车,我很喜欢这个土里土气的名字。举目观望,著名的"四菜一汤"尽显眼底。外观,蓝瓦土墙,里面则是三四层的实木楼,土楼大门正对着一个厅堂,是全族人举办祭祖、婚庆、治丧等大事的地方。圆形的院子里有一口水井,往上看,天空也是圆形的。自从土楼申遗之后,客家人的观念也开放了,院子里像一个小市场,各种当地的土特产琳琅满目,即使这样的淡季,游人也不少。

傍晚,我们赶往塔下,这是一个被夹在两山之间的小村落,中间一条溪水流过。快到村口时,碰上了一个提根翠绿竹竿的妇女,看样子是新砍的。向她打问哪里可以住,她羞怯地一笑,带我们过桥。我走在后面,被桥上一位穿粉红色衬衣的老人所吸引,两山翠绿之间,这一粉红实在惹眼,老人白发苍苍,面色红润。

我忍不住夸老人:"您真漂亮!"

老人用手捂嘴,不好意思地说:"这是台湾亲戚送的。"还背过身让我看后面的字,我也没看明白,英文的。

我问老人:"今年高寿?"

她摇摇手说:"不大,才八十岁。"

我说:"您看起来真年轻!"

我们住在和兴楼里,这也是一个土楼,主人是个六十多岁的老人,带我们看了四层的房间、卫生间,到处都很干净,还有热水可以洗澡,下到一层的厅堂,老人正给我们泡工夫茶,晶莹剔透的茶水,不渴也想喝,厨房里一尘不染。安排好住处,我们想去村子里转转。村子不大,小河两边散落地住着几十户人家,全都是青砖青瓦,石子小路,静静的,没有声响,从一桥头过时,两位老人坐在桥墩上,也是轻声细语,连鸡狗也安宁得没有一声鸣叫。我不知道这个村子有多少年的历史,很多的青砖上已长满了绿苔。走进一个土楼,一个矮小的老人正在井边洗菜,老人浅浅一笑,问我们是旅游的?老人慈眉善眼,仙风道骨,一如这几百年的土楼。

等我们到达村子祠堂时,突然下起了很大的雨。我们就躲在屋檐下避雨,这时一个四十岁左右的妇女从雨中跑来,把晾晒的萝卜丝收起来,我们也一起帮着弄,知道我们是游客,为让我们宽心,她告诉我们,这雨最多十五分钟的工夫。其实,我倒希望这雨能下得久一些,因为在家已经很久没有见到雨水了。雨中的塔下村,云雾迷蒙,给人一种错觉,以为在民国,或者更久远的年代。雨渐渐小了,我走在细雨中,把脸朝天,任雨洒在脸上、头发上,心里润润的、暖暖的。

晚上的土楼,被一盏盏大红灯笼点缀得神神秘秘,有一丝暧昧的味道。吃过饭,围着四层的走廊,我们走了一圈又一圈。很怪异的是,看起来不小的土楼,很快就走完一圈,我不信,又试着走一圈,还是同样的效果,我想,大概如钱锺书所说的:因为乐,就快吧?

这一夜,我睡得特别香甜,竟然没有做梦。因为就置身于梦中。

第二天一大早,推开木门,我惊叫起来,大呼同伴来看眼前的美景,越过半圆的土楼上空,山岚缭绕,犹如一幅淡雅的水墨画,让人赏玩不够。

其实到了这里,才是我心目中客家人的生活,简单纯朴,没有一点杂质。可惜这样的生活只能匆匆一夜,人在旅途,还有许多路要赶。我心里对自己说:等可以放下红尘的时候,一定还要来这里,好好地住上一段时间,和真正的客家人一样,每天听雨看云洗心。

被雨洗过的石子路,潮潮的,河里的几只白鹅,轻轻地浮在清清的水面上,红红绿绿的水藻,和两岸发黄的芦苇形成了一条极美的色带。我们徜徉在如此美丽的地方,总忍不住回头,总忍不住感慨,心里觉得很残忍,怎么可以离开这样的地方?

因为还有一个叫云水谣的地方等着我们,我是一太感性的人,冲着云水谣这个好听的名字,都要去看。不知道是因为琼瑶创造了云水谣,还是云水谣成全了琼瑶的爱情梦?反正,走在木板古道上,仿佛置身于梦幻中。溪水边,一棵巨大的榕树下,几个妇女在洗衣,弓桥边,闲闲地坐着几位老人,一个红衣青年认真地在石块上敲着,石头已凹下去一块,我问他干什么?他笑着说,"练习打鼓!"

老人们个个精神矍铄,我说:"你们这儿真好!"

一位老人微笑着说:"那你们就多住几天。"

过了石桥,一个木质的大水车突显在眼前,我坐在一个石阶上,远远地看,静静地望,只想让自己融化在里面,也有了和琼瑶小说里的人物同样的两个问题:"把生者和死者隔开的是什么?把相爱的人隔开的是什么?"一直傻傻地想着,没有答案。直到同伴唤我走才恍然醒来,知道自己终究还是一个俗人,应该快快离开,不要让身上的尘埃染了这干净的地方。

2010 年 2 月 3 日

黄 河 滩

小时候,从大人口中听说的黄河滩,于我是个很神秘的地方,更是遥不可及的地方。

大学时,读《庄子》,又被"秋水时至,百川灌河。径流之大,两涘渚崖之间,不辨牛马"的壮阔气势所震撼。

从此,黄河滩成了我抹不去的情结。

但四十多年间,竟没有机缘与它会面。越是如此,心里的念想越浓。

今年暑期,在老家小住几日,有老朋友如约而至,也没有更好的接待,"黄河滩"一下子从心里蹦了出来。

万没有想到的,我想了快半辈子的黄河滩,从老家驱车往东30公里,下一个陡坡,直直地就摊在我面前。

正是初秋,黄河滩天阔地大,一望无际的绿色,我的心也随之开阔了。但细看,绿得还不一样,有已结果的玉米,一个个骄傲地挺立着。芝麻正开着花,果然一节比一节高。棉花田里,粉色的花朵娇羞地藏在绿叶底下,我不知道,世界上还有没有像棉花一样的植物,生命的过程,可以始终如一地绚烂,从娇嫩的粉花开始,结束于洁白的棉花,这是多么奢侈的生命,怎么可以一生都是花季?绿油油一大片豆苗安静地匍匍在地上,酝酿、积蓄。只是叶片不同的花生叶,极像刚孵出小鸡的老母鸡,把自己的幼子严严地包裹在自己的身子下,生怕它们遭遇风吹雨淋!看到这儿,我竟有无限的感动在心里波澜,植物不仅有生命,它们也是有感情的,和我们人类一样的感情,甚至比我们更纯粹!

那是什么?我被眼前的景致看呆了,无数彩色的蝴蝶飞舞在绿毯一样的大地上,走近一看,原来让蝴蝶可以翩翩飞舞的是苜蓿,哇,这就是传说中的万亩苜蓿园!这么一大片苜蓿地,竟然没有人看管!好傻的问题,蝴蝶就是这里的主人呀!你看,那两只一黄一白的蝴蝶,轻盈地向我飞来,那是在欢迎我们,我欢快地迎了上去,它们却并不停留,而是把我引向苜蓿地的深处。我跟随它们的身影,可它们飞得太快了,我不得不跑起来,随它们一起飞舞。我的长裙像蝴蝶的羽翼一样,随风飘动着,我不知这两只蝴蝶要带我去哪里,它们一直不停地飞,我一直跟随着它们,它们忽高忽低,忽远忽近,我跑得一身大汗,甚至已经气喘吁吁,但仍然不想停下来,因为心里无比的欢畅,从来没有过的欢畅。此刻,我闪过一个念头,与蝴蝶一样飞舞,不正是我想要的吗?我真的做到了!庄周梦为蝴蝶也不过如此吧?

我多想就这样一直飞下去,可惜,我终究不是蝴蝶,沉沉的躯体离不开大地。可是,我已经很满足了,毕竟和蝴蝶一起飞过,真真切切地飞过。

虽没有化为蝴蝶,蝴蝶的品质却深深地打动了我,守着一片苜蓿地,舞出自己的快乐。

光亮的太阳下,靠着河堤,有一大片荷塘,水珠还晶莹地滚在叶子上,含苞的粉花亭亭玉立,像一个娇宠的少女。临旁的芦苇荡,可能还不是最好的时节,大多没有吐絮,待到晚秋,变成金黄的一片,那才风韵十足呢。

之前黄河的名气太大了,当真的黄河就在眼前时,竟有点不敢信。这就是中国第一大河?这就是孕育中华民族的母亲河?

当真是!

远眺对岸,清晰可见的中条山,连晋地的塔楼也尽可观览,"两涘渚崖之间,不辨牛马"的气势哪里去了?

返回的路上,再经刚才让我激情洋溢的苜蓿地,我竟出奇得冷静。几千年过去了,本该汪洋的黄河水域,一点点流失了,渐渐成了河滩,河滩变成了良田,这是自然的力量还是人为的改变?我真的不知该喜还是忧?

心里固执的一个心愿:希望天地间山高水长,所有生命循环往复,生生不息!

2010 年 8 月 25 日

宁夏的夏天(一)——水泊银川

不管活到多大年龄,不管经历多少磨难,我始终保有对未知事物的好奇与兴趣。这一点,可能是我对自己最明了的自知,但自知未必自明,因为我实在不敢妄下判断,这是一个优点还是缺点。算了,不去管它,大不了,是个特点吧!

以地球之大,让我心生好奇和产生兴趣的事物实在太多。如果有人问我世上最浪漫的事是什么?我一定脱口而出:做一个流浪者,走遍世界的角角落落。好在我浪漫而又实际,因为我懂得自己的能量有多少。更何况,用了半个世纪的身心,多少都有些磨损和疲惫。

量力而行吧。

暑假本打算去看青海的湖和云南的山,不料都因故否决。

宁夏,我喜欢这个名字,无缘地觉得它好听。

于是,便有了与它的相识。

(一)水泊银川

坐在飞机上,宁夏在脑中混沌一片,沙漠、缺水,两个概念却已形成。45分钟后,老朋友晶子在河东机场的出口向我们招手,陌生的地方,有老友相迎,惬意中暖意洋洋,似乎和这热烈的天气很匹配。

从机场往银川的路上，眼睛始终盯着高速路栏杆外面，一幅幅一闪而过的画面，和我形成的两个概念相去甚远，芦苇、湖泊、绿苑、向日葵，怎么看，都不像我想象中的样子。黄河，和我在家乡所见的又有不同，站在岸边，看到黄河的径流和对岸；从中间穿越而过，黄河从远方而来，不知又流向哪里，黄河长长远远。

　　午休之后，晶子和女儿瑄带我们到银川的周边随便转转，不到三岁的瑄，乌黑的头发，白净如雪的皮肤，晶莹而又机灵的眼睛，让我喜欢得不得了。

　　从住地出发，不远处就有一个大大的湖泊，荷花浮了半池，心里觉得怪怪的，拐了一个弯，一个更大的水泊显现眼前，我忍不住问晶子："这是银川吗？怎么这么多水呀？和我想象中太不一样！"晶子也不是当地人，说不出所以然来，但她知道，银川素有"塞上江南"之称。我也感叹，银川这个名字——名副其实！

　　路的右边，一条开阔的河流静静地流淌着，两边的垂柳轻拂着水面，一丛丛芦苇和倒影被水面切割成两半，只是水中不仅有芦苇的影子，连蓝天白云也掉进水里。河面上有三三两两的游人，头不时地浮出水面，也有闲闲的垂钓者，竿或长或短，也不知鱼是否上了钩。

　　我们到了河的对岸，沿岸边小路想寻一处凉快处，一片雏菊开得鲜艳，隔路，柳树成荫，于是安营下来。晶子拿刀切开带来的西瓜，三大一小人，半边脸上抹满了西瓜瓤子，我们豪情万丈的吃相，引来路人的侧目，也不管是笑还是羡，吃饱肚子解渴要紧。

　　继续往里走，几个小姑娘坐在临水的栏杆上，脚惬意地吊在水面上，大小不一，最大的不过七八岁，头上都扎着花，瑄很快凑上去，甜甜地叫着姐姐，没人搭理她。别看小家伙人虽小，公关能力却很强，关键有一股执着。不理，没关系，她继续跟人家搭讪。毕竟是孩子，一会儿工夫,那些姑娘们也不再不理她了,她们把采来的荷叶让瑄拿着玩。晶子总怕瑄掉到水里,喊她离水远一点,瑄根本不听,不离寸步地跟着好不容易结识的伙伴。一个大一点的姑娘,开始跪在水边,撅着屁股,手伸进水里捞小鱼,其他几个人也很快加入,捞上一个,马上放进塑料瓶里,瑄帮她们看管着瓶子里的小鱼,小手握得紧紧的,生怕别人抢了似的。我静静地欣赏着这夏日午后的一幕,河水、小鱼、孩子,那么自然地融合在一起。

  时间过得很快,快七点多了,要回去吃晚饭了。可是瑄怎么都不愿意离开,晶子好说歹说也不行,那几个小姑娘善解人意,不言一声,帮了晶子一个忙,她们站起来,先离开了,这样瑄才悻悻地跟着我们走了。

  我心里也是不忍,瑄的夏天,本该这样过的。

2010 年 8 月 29 日

宁夏的夏天(二)——海市蜃楼

大自然的神奇总是出乎人们的想象。去沙坡头的路上,大片茂盛葱绿的芦苇荡,一河之隔,竟会有望不到头的沙漠。

沙坡头早就大名灌耳。走近,果然名不虚传。足有70度的陡坡,往上看去,有勇者正在爬,几尺高的人,散落在很大的陡坡上,显得渺小无助,一个个前倾后撅,费力地举步。

既到此,不爬沙坡头,怎算到过?脱掉鞋袜,不信爬不上去。脚一踩下去,**滚烫滚烫的**。踩一步,退半步,举步维艰,火辣的太阳顶在头上,走了不到一米,已是满身大汗了。右前方几个人把鞋子狠狠地甩上去,人再一步步跟上鞋子,稍微休息一下,捡起鞋子又狠命地甩上去。这真是个好办法!我们也效仿起来,只是我的甩鞋功夫实在不行,使很大的力,要么甩得很短,要么甩偏了,越是这样,越不想放弃,甩得稍远一点,就很开心。这样鞋子引着脚,不知不觉爬上了很远,回头看,有的人才往上爬,一丝骄傲悠然升起。坐下来休息、喝水,大口喘气,远眺正前方,黄河尽收眼底。河面上,穿橘黄色救生衣的游人坐在羊皮筏子上正漂渡黄河,西边半空中,上下移动的缆车稀稀落落地坐着不肯爬坡的人,也有滑沙者享受飞沙直下的快感。一河一沙,给人带来如此多的欢乐。

继续着追赶鞋子的旅程,快到坡头了,但体力越来越差,不咬紧牙关,很难坚持下去,而且越高处,沙子越烫脚,干脆穿上袜子,一鼓作气,终于爬上了坡头。再远望,又是一番景致:滚滚河流,漫漫湿地,悠悠吊桥。

一对情侣,和我擦肩而过,女孩用脚蹭着沙子,问:"这是真的沙子?"男孩笑着,不知如何回答。我被他们逗笑了!

笑着从隧道穿越世界第一条沙漠铁路——包兰铁路,到了腾格里大漠驼场,几百头或卧或站的骆驼,正等待着主人的命令,看着它们低垂温顺的眼睛,总感到有一丝哀怨,实在不忍骑在它们身上。

正好有一条沙关古道,虽是应景之作,入门对联"渺渺烟云接大荒,浮沙高隐拥边墙"添了几分苍凉,垂挂在栈道口的鸣钟,更让人有恍若隔世的感觉。两旁的沙漠上,零星地有一些沙漠植物:沙蒿、沙枣、柠条等,走上十来米,有茅草搭的亭子,一个人静静地走在栈道上,风卷起衣袂,还真有大漠潇潇的豪气。

栈道走尽,还是沙漠,一望无际,不知从何下脚,正踟蹰间,看到远方的"海市蜃楼",心激烈地跳动了一下,真的海市蜃楼?

对于这四个字,认识差不多有三十多年了,印象中是从一篇科普文章上知道的。当时觉得这种自然现象太神奇了,长了这么大,也没听谁说亲眼见过,自己更从未见过。后来,这四个字在我脑中不再是一种自然现象,而是变成一个词语了,比喻虚幻、不可能实现的事物,但它始终对我有一种魔力。

可能到沙漠中来的人都抱有能碰上"海市蜃楼"的运气,于是才有了眼前这一景。可我怎么都不愿意进去,心中珍藏了几十年的东西被实化为眼前随处可见的楼阁,失落之情,油然而生。

我不知道这样一个"别出心裁"的手笔会毁掉多少人心中的"海市

蜃楼"？

　　也许世间许多美好的东西留在梦中、藏在心中,比实现了会更好吧!

2010 年 8 月 31 日

横山，有点意外

说起来有些惭愧，我对于山川河流的喜爱，只是模糊意义上的，一提具体地理方位就傻眼，除非亲自走过一趟，才会清晰铭心。

横山，若非老同学在那儿，我可能一辈子会与它错失。

八月中旬，老卫在QQ群上发了一条消息，邀全班同学于九月初到横山一游。刚从暑期旅途中停歇了没几天的我，马上又被这一声召唤弄得心动起来。横山，第一次听说，更别说去过了。凡没有去过的地方，对我都有十足的吸引力，哪怕它是穷山恶水。其实，在我心里隐约认定横山属于荒凉之地。

这可能和我七八年前的一次靖边之行有关。

记得那是个春天，下午从西安出发，卧铺长途车上熬过了一夜，第二天天亮时，已到了看不到头的黄土高坡。关中平原长大的我，刚开始对一道道土梁、一个个土峁儿，感觉特别新奇和激动，一眼都不放过地望着、看着，脑海里回旋着陕北民歌……几个小时，几百公里，全是这样。慢慢地，寸草不生的风景，看够了、看烦了，把眼睛收回来，车里的人几乎全在打盹睡觉，死气沉沉的气氛。天马上要暗下来了，还不见有人居的迹象，心不由得发慌。几十个小时坐下来，已腰酸背疼，心里懊悔着，不该贸然接受这次教学任务……荒凉、绝望，这就是我对陕北的第一次印象。

可这次,一路上我找不到第一次的感觉了。所到之处,皆是秀美的山川,草木旺盛的坡地,芦苇摇曳的湿地,就连毛乌素沙漠看上去也已经绿茵茵的。记得当年,我站在统万城遗址上,放眼望去,全是黄灿灿的沙漠。我们跟老卫开玩笑说:"你这个父母官也太破坏大自然了,我们到这儿是来看沙漠的,你把沙漠都绿化了。"老卫憨厚地一笑:"让你们失望了。"个中甜味,只有老卫品得最深。

老话说:"要喝上泉中水,离不了地地鬼。"此话一点不假!过了不知道多少个圪堵,七弯八拐地,老卫把我们带到了无定河边。一下车,我就被眼前的景致所吸引,小桥流水人家,宛若江南小镇,农人牵着老牛悠然地从桥上而过,闲闲地看了我们一眼。两边矮山,郁郁葱葱,中间夹着一条开阔的无定河,河岸两边,白杨高耸入云,柳树毛绒圆润,树荫下铺了厚厚的一层绿毯,大家随地而坐,开始海阔天空地聊。我们几个坐不住,脱鞋下河。河水浅浅地,刚刚淹过脚踝,四五点钟,夕阳洒落水面,波光粼粼,水温恰好,脚底下的河床光光的,像一块完整而巨大的石板,没有一块碎石。走在水里,舒适极了。阿炳拿着相机,不住地咔嚓,导演我们做各种水上芭蕾动作。虽然胳膊腿都有点僵硬,但是仍然开心地站立着、绽放着。折腾完芭蕾,水中和岸边的开始打水仗,我们水中的拥有丰厚的资源,把岸边的打得落花流水。刹那间,恍若回到了二十多年前。

"该走了!"老卫喊着,真是不愿离开这么美丽的地方,也一下子明白,老卫怎么能毕业后二十六年一直待在这个地方,甚至由开始对老卫的同情变成了由衷的羡慕。

这一夸可不得了,老卫更自豪了,"还有更好的呢!"

这次他给我们安排的重头戏果然不是无定河,而是波罗古堡。据史料记载:波罗堡始建于明正统元年(1436),位于横山县城东北二十三公里处,无定河南岸黄云山上。都督王祯在宋、元营寨的基础上修建波罗城郭。堡依地势而筑,大致呈方形,城周二里二百七十步,有"凝紫""重光""凤翥""通顺"四门。"波罗"是梵语"到达彼岸"的音译。传说如来东土旅游返回时,路经此处,脚踩石崖留下一对脚迹,号称:"如来真迹",波罗堡因此得名。

当我们站上古堡的残垣断壁俯瞰时,还能依稀感到五百年前这里曾经的盛况。波罗堡是明长城重要关堡之一,自古以来是战略要地。历史上的这里,不知游牧民族与农耕民族曾发生过多少次冲突,金戈铁马,沙场秋风,累累白骨。也不知草原文化和黄土文化进行了多少交融。

消沉了几个世纪后的古堡,渐渐地又重新被人们关注。近两天,这里锣鼓喧天,人山人海,第二届陕北波罗古堡摄影艺术节和首届波罗古堡杯沙漠场地越野赛同时在这里举行,来自全国各地的摄影爱好者和越野一族齐聚这里。

推开一扇钉满铁钉的破门,走进已经败落不堪的院子,当年曾经生活的场景还能分辨,厅堂、厨房、卧房、下房各在其位。这个古堡里像这样的院子有很多,堡里住过多少人,有过多少故事,都不可知。但有这个古堡在,故事就会在。我暗暗地祈愿,古堡能永远这样被细心地保护着,让它原模原样地立在无定河边。

离开这里确实有点不舍,因为老卫,也因为这里美得让我意外。

好在老卫说,明年还有好东西等着我们。

2010 年 9 月 17 日

山 静 日 长

对佛坪心生向往,已有时日。

倒不是因为那里有大熊猫,而是"佛坪"两个字一开始就很喜欢,觉得读着好听,不了解其意,甚觉神秘。

重阳节那天,顺着西汉高速来了佛坪。

佛坪位于秦岭南麓,不大,全县人口仅 3.5 万,椒溪河穿城而过。河水浅浅的,白白圆圆、大小不一的石头铺满了河床。别看河不大,水不深,但椒溪河却有海的浪漫,有些地方有沙滩,虽然只有几平方米,却也小巧宜人。岸边不宽的马路,既是堤坝,也是街道,行人很少,三三两两的,女子模样清秀,男子大多矮小,却从容淡定。汽车也有,零零散散的几辆,还杂有外地的。漫步于山城,和当地人擦肩而过,一刹那的眼神交汇,恍惚有世外的感觉。

离城三十公里处,有大坪沟风景区。里面道路狭窄,只能容一辆车通行,很让人担心对面来车。这其实是多余的,因为整个山谷寂静无人。

熊猫家园里,三只熊猫正吃着竹子,隔着栏杆,只能远远地观望。我发现近看也无益,因为熊猫根本不会讨巧于人,饿了就吃,困了就睡,完全一副自在自为的状态。

一群野生的金丝猴栖息在深谷里，大约四十只。猴王个头很大，膘肥体壮，所到之处必有随从。几只小猴把自己吊在树梢上，调皮地爬来爬去。一个成年的猴子，扑闪着圆黑的眼睛向围看的游客作揖讨食，得之，快速放进嘴里，否则会被猴王没收。这个动物世界像极了人类，复杂而诡异，刚才还争抢格斗，一会儿工夫，却是一幅爱的画面，拥抱、亲吻、爱抚。这种直来直去的方式，抑或猴不及人的地方？抑或人进化以后悲哀的地方？真的说不清楚。但这群猴子是幸福的，尽管它们已被人们当成了商品，活动范围受到一定限制，但依然还能不离开大山、森林，餐风露、吃野果，该知足了。

出山的时候，河沟里一块巨石上有四个大字"山静日长"。琢磨很久，只觉得好，也隐约觉得这恰是我对佛坪的印象。

2010 年 10 月 20 日

秋 去 冬 来

快半个月的日子如秋风扫落叶一样,一片片地飘零而去。

过往的每一天都有心事,都有故事。当新的太阳升起时,一切都成往事。人生的虚无感陡然而生,也许太贪婪,总想把住所有的美好。佛的"物来即应,过去不留",觉得这样的境界很好,也很高,却很难做到,总忍不住留下了许多的念想。

山阳好个秋

原本在我的地图里是没有山阳的。因了小冯,我的一个同事,生于山阳,多次绘声绘色的描述,遂对这个地方向往起来。从春到夏,眼看秋也晚了,终于在十月的最末两天,山阳成行。

离开喧杂的城市,随着车轮,我细细翻阅着秦岭的秋色,唯有最深处才是最动人的篇章。山阳,就隐藏在秦岭深处。

小巧可人的山城夹于两山之间,丰阳河贯穿南北。街上行人稀少,车辆偶尔。在这儿既见不到交警,更没有红绿灯。不知是否确实,这是我见过的唯一没有红绿灯的县城。

顺着县河,五里之外,过一个吊桥,到了小冯的故乡——冯家湾。这里果然是一个好地方!小村被山环绕着,多见老妪倚门而坐,见我们一群人来,煞是新奇,热情问候吃喝,似到了一个大家庭。小冯家新盖的三层阳台把午后四点多的阳光暖暖地聚在上面,喝着井水烧沸新沏的茶,东拉西扯地聊着,觉得日子就应该这样过下去。懒懒地望去,一幅画映现眼中,远山层峦迭起,近处杨树高耸入云,院中的芭蕉、紫竹,也给这幅画增色不少。我想,再笨拙的画家,面对此景,无须任何构思,只要描摹下来,都是一件上好的作品。

第二天一大早就赶往天竺山。小冯也没去过,他从小向往的山。山门已经修成,仿古建筑,雕龙凿凤,五彩纷呈。门内的山势,大气磅礴,刚柔相济。不巧的是,正在修建缆车施工爆破,过一个小时,方能安全登山。于是,我们先去漫川古镇,新旧参半的街道让人有点失望,但走进去才知没有白来。明清古建筑群,飞檐斗拱,雕梁画栋,双戏楼结构严谨,左右呼应,骡帮会馆、北会馆、武昌会馆等都还留有遗迹,这里曾是南北交汇的聚点,繁华热闹的情景给人留下无限想象的空间。

再去天竺山时,已是早晨十点了。爬了几十米,大汗淋漓,一万多个台阶一步步爬上去都这么难,修建时的艰辛可想而知。半山腰时,回望来路,漫山遍野的红,其实,并没有什么花,红叶正是秋天山里最美的花了。弯弯曲曲的台阶上铺满了树叶,踩上去吱吱地响,独自坐下来,凝神远望,秋色恰好。

天竺山应该算个无名小山。没有料到,它可以给人这样浓的秋意。

这样的山,也值得小冯一直向往。

盛名之下

对于爱秋的人来说,熟知全国十大秋景应在常理之中。香山红叶,我期待了许久!

11月2日,恰有机缘去京。闪现在脑中的第一个念头:看香山红叶。

去之前,相机充足了电,4G储存卡完全腾空,也把胃填得满满的。近一个小时的路程,更让我相信,好景总在远处。

下了车,走了很远的路,还是不见香山大门开在何方。两旁的小店里,几乎都在卖红叶工艺品,精美的包装使红叶看上去更加妩媚动人。我虽对这类旅游纪念品没什么兴趣,但它把香山红叶渲染到了极致,暗合了我的心意。终于进了香山之门,人头攒动,没有我想象中的寂静,连周内的香山也这么多人?排队坐缆车的人已成了一条长龙,我们也加入了这条龙之中,鼓励着自己,要耐心。恰逢香山红叶节的最佳时期,全国各地的人慕名而来,人能不多吗?

深秋的香山已经很冷了。今天虽然阳光灿烂,但坐在缆车上仍有寒风袭来。往下看去,未见大片的红叶,心想,红叶一定在山顶上。下了缆车,山顶上挤满了人,我四处寻望,还是看不到红叶,我不知这么多人在看什么?也许他们和我一样,失望在心里,脸上一副麻木。我站在一棵树下等同伴,一个三十多岁的女子要我帮她照张相,我不知她要照什么?人群?她指指我身后挂满红色祈福条的树,我莞尔一笑,明白了她的意思,好不容易远道而来,艰难地上来,总得有个纪念吧!没有红叶,有红福也行。我心里佩服这女子的乐观和豁达。

可是我拿什么纪念我的香山之行呢?我的相机几乎是空的,我的心也是空的。

返回的路上,几处的银杏树林,黄灿灿一片,慢慢地填满了我的心。

立冬这一天

立冬的前一天,预报说立冬这一天要降温。

是个周日,我打算老老实实地宅在家里。八点多醒来时,阳光已经透过玻璃窗进到屋里,咦,怎么是个大晴天!

　　起来先给自己做了一个丰盛而又营养的早餐,拿起《尤利西斯》坐在地毯上,让阳光恰好照在身上。看一会儿,走神了,和书中的莫莉一样,意识流起来:还说要降温,怎么没降,看来天气预报也不准,今年的秋天就这样过完了?日子过得太快了!不过,周五和几个朋友去的平河梁还是不错,路虽有点远,但值得去。大片的杉树林,松针铺满了小路,松软舒适,好蓝的天,好白的云。登顶之后,让人陶醉的大草甸,真想躺在上面肆意地翻滚。不知为什么,我特别痴迷草甸,到了这儿,我的思维总处于静止状态,有无数的感动涌上心头,却难以用语言把它表述出来。

　　从草甸想回到《尤利西斯》,看了几行却看不进去了。索性放下书,走出去充分享受冬季第一天的阳光。

　　郊外的原野上,刚出芽的冬麦嫩绿一片。普通的一粒麦子,何等了得,秋播冬藏春长,为的是夏天可以收获。历尽四季,难怪麦香要比米香悠长!

2010 年 11 月 11 日

朱家角的一角

我虽然土生土长于北方,也完全一副北方人的模样,心里却对南方的水乡非常喜爱。马致远的"小桥、流水、人家"三个词,不多不少,恰好表达出我对南方的意象。

已经入秋的朱家角,游人不多。刚走上放生桥,眼见的所有都已成景,这桥、那水、小船、人家,尽管天色有点阴暗,任你随便拍照,卡片机里仍然留下了一幅幅美图。走过一条蜿蜒曲折的小街,两边琳琅满目。色彩丰富的商铺鳞次栉比,好些个精致小巧的新鲜玩意。可能是肚子饿了,最吸引眼球的还是美食,红红亮亮的扎肉、肉馅烧卖、炙毛豆、红烧蹄髈、阿婆粽、麦芽糖、臭豆腐,个个都让人垂涎欲滴,反而拿不定主意要吃哪个。

一股诱人的香味迎面飘来,循着香味,只见一个中年妇女正在现炸小鱼和小虾,看我们停下来,她招呼随便尝尝,果然鲜美可口,于是进门坐下。不大起眼的小院有点简陋,一中年男人正在水池里淘洗鱼虾,见我们点点头,一只小狗蹲卧在旁,简陋中却有一份清爽和温馨。很快,一盘油炸小鱼虾端上桌,吃完,还不过瘾,又添了一份臭豆腐,又臭又香的。

走出这条巷子,就到了漕港河,两岸垂柳婆娑,岸上青石路面,一户挨一户的小楼，大多都有些年头了，有的是茶楼，有的是饭馆，也有卖各种工艺品的，还有门户紧闭的。柳树下，三三两两的人，坐着，喝茶，聊天。看游人经过，并不招呼生意，你问他才答。有一卖衣服的小店，一件花色披风很炫，进去看，不见主人，大声问这件衣服怎么卖，从帘子里传来一年轻女子的声音，"你看标牌"，我翻看几下，未找着，再问，还是帘子里的声音，"你仔细找，肯定有。"我索性放弃了，出来，倒不生气，反佩服这女子做生意的淡定。

河里慢慢悠悠经过的乌篷船，大多坐着游人，他们举着相机拍岸上的景色，岸上的人成了景中人；岸上的游人，拍河里的景色，船上的人也成了景中人。这样既是景中人又是人中景的情形，也许只可能出现在朱家角，因为这里处处是景，人人都可以入景。

也分不清那是北岸还是南岸，这一岸边的路面宽阔，商铺少了许多，更显清净。在一石凳上坐下，看不远处的廊桥，逆光中无比细腻，偶尔经过一人，给廊桥增添了温婉，桥下不时会有船只悄无声息地穿过，有载着游人的船，有捡捞水面垃圾的船，还有戴着斗笠的老翁，以及卖杂货的商船。也奇怪，到了这里，游人也都安安静静的，岸边走的，船上坐的，全都静静地，不喧也不闹。

只想这么一直坐在朱家角的一角，静静地看这桥、这水、这人。

2011 年 9 月 8 日

初 识 南 京

对南京并不陌生,却从未谋面。四月中旬,偷得四日,来了南京。到时已是傍晚,落脚在秦淮河边的一个旅店。吃完鸭血粉丝汤,天完全黑了,几分钟走到了一个桥头,两岸灯红酒绿,河中画舫穿梭而行,除了没有才子佳人抚琴吟诗之外,风流景象该形似当年了吧?第二天,阴雨绵绵。不过,我倒喜欢这样的南京。

这样的天气,游人稀少,夫子庙的典雅,江南贡院的森严,白鹭洲的灵秀,才能静静地触摸到。更可以安安稳稳地在秦淮边的美人靠上,好好地靠一靠,还可以细细地听一听,流淌了千年的秦淮流水声。

这样的天气,游人稀少,南京大牌档的几十种美食小吃,可以不用饥肠辘辘焦急排队,就可以被穿唐装的老先生引到一个桌前,从容地点自己喜欢的盐水鸭、鸡汁回卤干、鱼香田螺仁、清炖狮子头、家乡臭豆腐、老牌阳春面、老鸡汤混沌、桂花拉糕、水乡一桶香、扬州兰花干、油爆河虾、天王烤鸭包、民国美玲粥、芜香粉皮、花生米烧猪尾、酒酿赤豆元宵、老味糍粑、秦淮名鲫、莲子银耳羹,还有桂花烧酒……太多了,简直眼花缭乱,吃不过来。一会儿,人渐渐多起来,大厅里人声喧闹,但因为你是一个外地人,这里的喧闹和你一点关系也没有,你反而能在喧闹中找到安静和轻松。享受完美食后,你也可以旁若无人地东张西望,看看别人的菜样、吃相,反正,你看了也是白看,因为没有人认识你。

  第三天,依然阴雨。步行几里,穿过很多街区,先吃了一大碗许记肚皮面,后去拜祭中山陵、雨花台。返回的车上,又过城墙。昨天,在白鹭洲近触南京城墙,爬墙虎手腕粗,把墙面遮盖得严严实实,隐约看见一块块石头垒叠的一个截面,和西安城墙虽年龄相近,风格却完全两样。

  第四天,天气放晴。上午观瞻园,亭台楼阁、假山回廊,装满了一脑子的太平天国。下午,从一座古城飞回另一座古城。

  四天下来,对南京的初识并不坏。只是留下一个小遗憾,没有登城墙,倒为再来南京有了一个理由。

2014 年 4 月 15 日

听景不如看景

人们常说:"看景不如听景。"但这句话,不适应于九寨。

之前,听了太多关于九寨的好话,特别是秋天的九寨。所以,我不敢贸然前往,一直等待合适的时间。几年过去了,没去过九寨竟成了心里的一个遗憾。

今秋十月,有几天空闲。于是带着满满的期许来了九寨。先去的黄龙,坐缆车上去,已开始滴雨,黄龙一窝窝色彩斑斓的水,并没有因雨水的稀释而减色,烟雨氤氲,反增添了黄龙的神秘意境。不过,黄龙值得玩味的东西比较少,四个小时足矣。从黄龙到九寨,虽距离不到百公里,但因都是山路,加上进入秋季,气候变化无常,所以走下来得近三个小时。我们过了海拔5580米高的岷山最高点时,天空中突降大雪,不到半小时,又阳光普照,到了川主寺,竟下起了阳光雨。傍晚,我们历经阴晴雨雪,终于到了九寨沟口,和我想象中的完全不一样,这里热闹喧嚣,商店、旅店鳞次栉比,不费多大工夫,我们找到了在携程上订的缘来客栈。如果当场订,我肯定不会选它的。看来,网上的评论不一定靠谱。

第二天醒来时,已是九点了,天气晴朗。九寨沟入口人很多,据说今天的客流超过了黄金周几倍。好在山很大,容纳得下这么多人。景区呈丫字形,景点主要集中在左上沟。走在栈道上,眼睛所看到的,无不成景。大大小小的瀑布,不知从哪来,又流向哪里,只见它清澈、急迫,又坚定。最让我留恋的莫过于海子的色彩,用五彩斑斓形容都嫌不够,因为它实在太丰富,太灵动,这一秒你看着是墨绿,下一秒,随着光照的不同,它可能是湖蓝、可能是翠绿、可能是琥珀,真的不能穷尽。特别在秋季,更是如此。两山绚丽多彩的秋叶和五彩斑斓的水,再加上蓝天白云的衬托,这样的景致,我的语言显得非常匮乏,无力描述出它的美,相机也和我一样,显得力不从心。只想多停留一会,多看一会,更想把它刻印在心里。第三天睡到自然醒,还是一个好天气。懒散地在沟口度过了一天,晒晒太阳、随意地走走,也是旅行的一部分,其实主要是不想匆匆地和九寨告别。

　　下午五点多赶往机场,途中天气突变,下起了雨,六点多到机场时,雨越下越大。心里暗爽,我们玩时天气晴朗,要走了,天下雨了,上苍偏爱啊!

　　七点多,我们过了安检,进入候机厅,透过玻璃窗,看到外面的雨慢慢地变成了雪,到九点时,雪花越来越大,简直可以说是鹅毛大雪,在十月份能看到这么大的雪,应该是我人生的第一次。所以,刚看到大雪飞扬,我还有点兴奋,跑到玻璃窗前拍照录像。但是,当我们登机的时间到了,却迟迟不见通知时,心情就有点暗淡,最怕听到延误的通知了。这时候,候机厅里的气氛已经开始紧张甚至慌乱了,因为不断有延误、取消航班的消息,但是人在这时候还存有侥幸心理。说不定还可以走呢。但看到外面越来越大的雪花,心里只有绝望了。凌晨了,被确切地告知,我们的航班取消了。

　　零下气温的机场,没有暖气,候机大厅里,座椅上、地板上到处都是人,成千上万的人因为这场雪,度过了一个不眠之夜。

第二天天亮后,雪停了,玻璃窗外完全是一个冰雪世界,四周的山白茫茫的,停机坪和跑道也都是厚厚的积雪。可喜的是,已经有铲雪车在工作了。

上午十一点,当第一架飞机降落机场时,候机厅全场欢呼,大家不约而同地为它鼓掌。

来时莫名地升到商务舱。回程又无奈地被大雪困在机场一夜。

九寨之旅,因为这一喜一惊而变得更有意味。

2014年10月19日

天鹅与天使

从前只知道来自西伯利亚的寒流。而今知道了西伯利亚不仅有寒流,还有美丽的天鹅。因为这群天鹅,西伯利亚让人不再感到仅仅是寒冷。

因为这群天鹅,三门峡不再感到无趣。因为这群天鹅,让相隔十万八千里、风马牛不相及的西伯利亚和三门峡息息相关。冬来春往,年年相约。聚散离合,岁岁等待。多少故事发生?四五只天鹅和另外一小群天鹅突然叽叽喳喳地吵起来了,声音之大,响彻湖面,为何而争?为一缕水草?还是为一块地盘?抑或是为情所扰?不得而知,只见双方声音越来越激烈,甚而打斗起来,一只咬着另一只的嘴巴,还有两个纠缠在一起。它们根本不理会岸边的围观者,完全沉醉在自己的硝烟中,但就在高潮的时候,戛然而止。水面一下子安静下来了。——说:"它们就像我和小布丁,一会儿吵架,说再也不跟你玩了,一会儿又忘了,很快又好了。"周围其他天鹅对于刚才的一幕,似乎司空见惯了,各自忙自己的。浮水的浮水,漫游的漫游,还有的在水面上滑翔,起飞,七八只天鹅,心血来潮,排成人字形,翱翔于天空。记得——刚看到浮在水面上白茫茫一片的天鹅,问外婆,天鹅为什么不在天上?外婆竟无言以对。此刻,天鹅回应了孩子的诘问。临近傍晚了,天鹅不辜负游人的痴痴守候,此起彼伏地开始了飞翔表演,引来两岸观客阵阵的喝彩声和欢呼声。黄昏时,一只天鹅还在孤独地飞,飞向远离湖的方向,慢慢地消失在暮色的天空中,离开了我们的视线。——伤感地说,它是不是找不到自己的同伴了?它会不会变成天使?也许,只有孩子才会对单飞的天鹅有这样的悲悯关怀。因为孩子是最接近大自然的,因为孩子是离开天堂落入人间的天使。

              2016 年 2 月 19 日

告别 2016

今晨9点29分,在时速265千米的高铁上,我临窗而坐,一杯茶,一本《一个人的朝圣》,眼睛在书本和窗外之间不断转换。雾霾笼罩着中原大地,从西安到灵堡,从灵堡到洛阳,如影随形,天始终灰蒙蒙的,太阳怪异地挂在半空,不过透过玻璃的阳光洒在身上,暖暖的。高铁飞速而过,麦田、丘陵、树林、电线、房屋,偶尔有一小片水洼、一条河,本来静止的这些物象,但一个个闪过时,仿佛它们在飞。

我十分享受旅途上的时刻。65岁的"哈罗德"下定决心去认识他想象中的千山万水。不同的是,他是走去的,我是乘着高铁去认识我想象中的开封的。

开封已有两千七百多年的历史,是中国八大古都之一。历史上的开封有着"琪树明霞五凤楼,夷门自古帝王州""汴京富丽天下无"的美誉,北宋东京开封更是当时世界第一大城市。

要完全知晓深厚的开封历史,必须掉进书袋里,这对我来说,实在是一项艰巨而庞大的工程。一两天的时间,先走马观花吧。

出租车师傅告诉我,随着黄河的持续改道与南移,黄河与开封之间的距离逐渐由数百里缩短到明清时期的数十里。加之决溢漫流不时发生,开封因此多次遭受黄河水患的侵扰。名闻天下的北宋三城被掩埋于地下,许多古迹也从地面消隐。现在看到的,大多是后来重修的。

我们去的第一个景点——开封府,就是在原址上新建的。规模很大,气势恢宏,走在里面,怎么都找不到当年盛朝的感觉。

据说,开封真正原汁原味的古迹只留下两处,一个是"开宝寺塔",始建于北宋皇佑元年(1049),享有"天下第一塔"之称。塔高55.88米,八角十三层。遍体通砌褐色琉璃砖,混似铁柱,从元代起民间称其为"铁塔"。其设计精巧,完全采用了中国传统的木式结构形式,塔砖饰以飞天麒麟、伎乐等数十种图案,砖与砖之间如同斧凿,有榫有槽,垒砌严密合缝。建成九百多年来,历经战火、水患、地震等灾害,依然屹立。夕阳下的铁塔熠熠生辉,对其的敬畏油然而生。

还有一处是建于清乾隆四十一年(1776)的山陕甘会馆。由居住在开封的山西、陕西、甘肃三省的富商巨贾,在明代开国元勋中山王徐达的府址上聚资修建而成,是清代三省旅汴客商经商、贸易、联络同乡感情的场所,已有两百多年历史。会馆为四合院式布局,面积达3870.29平方米,主体建筑木质结构,置于中轴线上,由南向北依次为照壁、戏楼、牌楼、正殿,附属建筑位于东西两侧,包含有左右掖门、垂花门、钟楼、鼓楼、厢房、东西跨院等。房檐门框的木雕,细腻柔软,惟妙惟肖。

仿建的包公祠、龙亭、大相国寺等,只是匆匆而过。

所幸如今的开封还有许多湖泊、河道贯穿市区。可以想象,汴京曾被马可·波罗称为"东方的威尼斯",绝不是虚荣。

明天一早去清明上河园。

明天就是明年!

记得 2016 年，我是以游阆中开始的，告别 2016，我也以游开封告别。

我没有虎头蛇尾吧！

2016 年 12 月 31 日

四 上 华 山

　　小时候,天朗气清,站在村子的南崖上,隔着两条河流——洛河、渭河,华山依稀可见。黛色的山峦,美妙神奇,从未见过山的我,对山充满了好奇,梦想长大了,一定去山那边看看。

　　二十世纪八十年代的夏天,我高中毕业,九月,第一次离开家乡,去省城读大学。次年四月,趁学校运动会不上课的机会,约上几个同学一起上华山。记得我们先坐长途汽车回大荔,傍晚从大荔骑自行车到华山脚下,晚上开始爬山,赶在黎明前爬到了东峰,看日出。现在回想起来,那次对华山几乎没有留下什么印象,只记得高和陡,有些地方手脚并用,第二天下午返回学校后,还参加了一个接力短跑。那时,可真是年少不知累滋味啊!

　　第二次上华山缘于陪宁波远道而来的朋友学兰。这已是二十七年后了。华山已经有了第一条索道。可惜,天公不作美,等我们坐缆车到北峰时,雨已经开始下起来,且越下越大,似乎没有要停的意思。我陪学兰上了一会儿,由于前晚少眠,体力不支,只好半途而废,学兰和她小儿子兴致勃勃地游玩了其他几个峰。心里实在觉得愧疚,但学兰说,雨中的华山别有韵味,云雾缭绕,仙气十足。

　　2015年腊月二十九,我和老公闲着无事,动了再上华山的念头。

我们早上八点出发，十一点已经坐上了上北峰的缆车，这是我第三次上华山了，不知为何，华山的险峻奇秀仍让我有初次相见的兴奋和激动，情不自禁地赞叹不已！我们依次走完了北峰—东峰—中峰—南峰和西峰，再从西峰坐缆车下来。鹞子翻身还是没有勇气尝试。

今天，我第四次来上华山。不过这次是一家四口三代人，我、老公、女儿和外孙女，我们从西峰上北峰下，五个多小时，再次走遍了西峰、南峰、东峰、中峰和北峰。五峰冰雪皑皑，和绿色松树相映生辉，可乐坏了一一，这是她今年见过的最厚的雪，一路边走边玩，手里拿着雪球，一会儿抛向外公，一会儿抛给妈妈。小人儿似乎有用不完的劲，从头到尾，没有喊过累。有时看妈妈落在后面，她还回头去接应妈妈，下山时，几乎是蹦蹦跶跶下去的。

从十八岁到五十五岁，三十七年间，四上华山，圆了儿时的梦。我不知道往后还有没有心劲和体力再上华山？

2019 年 2 月 19 日

爱 的 曙 光

　　昨晚回到家已近午夜,随便吃了几口饭,对付一下饥肠辘辘的胃,洗漱完准备入睡。

　　这注定是一个不眠之夜,但明天周一,早上有课,我必须要睡着,否则,怎么和六十多个学生一起赏读古埃及的文学之最——《亡灵书》。

　　关灯前,我吃了一片安眠药,希望可以很快入睡,但一个小时过去了,数了无数只羊,脑子依然很清醒,六七个小时前所发生的事情像倒带一样放了很多遍。还是无法安抚自己的心灵,让它平静下来。

　　初春,走过两次的蓝关古道让我一见如故。我向来待山如友,一旦喜欢,就放不下来,秋来了,我想看看老友可好?

　　它倒是不负我望,依然古朴、自然、静美,只是草木更加茂密。走到半途,一人高的荒草掩埋了去十二等坡的小路,我们决定知难而退,坐在山谷间一块巨石上,喝茶、吃果、看云、聊天。下午三点,水喝光了,水果吃完了,整理好背包,姐姐和姐夫戴好护膝护腕,拿起拐杖,轻装下山了。

　　登山容易下山难,但下山还是比较轻松的,我们一路玩赏着各种秋花野果,说说笑笑地蜿蜒而下,遇到稍有点难走的地方,前边的人都会提醒后面的小心。快到鸡头山口时,斜坡上一条平缓小路,没有草,难度系数几乎可以忽略,但是突然听到后面"扑通"一声,我们回头看时,只见走在最后的姐夫双腿掉进路下面,脸色煞白,腿脚都不能动。我们三个人费尽气力,也把他拉不上来,最后只好让他先坐在原地缓缓,然后用两根拐棍撑住他的双脚,两个人扶着他的胳膊让他自己押着劲一点点往上挪。几次这样的努力,终于把他拉到了小路上,但左脚不能着地,稍有一点尝试,他就说钻心地疼。看来不是扭伤,有可能伤了骨头,我们决定立即请求救援。

我们所处的位置虽然在古道深处,但幸在鸡头关口,比较开阔,手机信号时有时无,几经尝试,总算打通了西安蓝天户外救援电话。但对方给了我们一个电话,让我们联系蓝田当地的救援,电话通了,却无人接听。最后,姐姐想到她的同事小杨是蓝田人,恰好这周回家了,姐姐很快和小杨联系上了。他最后求助到了蓝田曙光救援队。这是个民间自愿组织,平常大家在各自的工作和生活中,有救援时,队长群里一呼,队员从四面八方汇聚起来,开始实施救援。小杨传来这个消息时,我们焦急无助的心情才缓解下来,救援队让我们原地不动,他们兵分两路,小杨说他先上山和我们汇合,我们三个人把伤员搀扶到一个大石上,让他可躺可坐,稍微能好受些。这时候,我们几个人的心情才完全轻松下来,四点五十,小杨已经气喘吁吁地站到了我们面前,毕竟是正当年的小伙子,他几乎是跑着上来的。小杨的到来,给了我们莫大的精神安慰,他毕竟年轻,也是这地方长大的。此刻,我们甚至忘记了所处的境况,大家谈笑风生,连伤员也似乎忘记了自己的疼痛,不知不觉,时间过得很快,马上六点了,小杨都已经到了一个小时了,眼看天色渐渐暗了下来,救援队怎么还没有到?会不会走错了路,小杨和队长怎么也联系不上。我们的心再次紧张焦虑起来,关键是我们身边没有了一滴水,只剩下几块奶糖。我们早晨吃了早饭从家里出来,原打算下山后在蓝田县城大吃一顿。

　　人紧张的时候,就会有幻听。过一会儿,我们听到远处有声音,马上回应一下,但却再听不到了,只有归巢的鸟叫声,本来坐着的我们,坐不住了,大家开始就地徘徊,也没有人说话了。于是我们中的两个人决定返回鸡头关口,对着十二箏坡的方向呼喊,但没有任何回应,时间一分一秒地流逝,我们的心情再次一点一点地焦虑起来,天完全要黑下来了,怎么办?实在不敢往后想,只能一次次对山呼喊,终于听到了声音,怕又是幻听,细细一听,这次像真的,我们马上再喊:我们在这儿!远方很快回应了我们:我们来了,听得十分清晰了。这一瞬间,我们提着的心才放了下来。可是过了一会儿,又疑惑他们真是救援队吗?他们不会只是驴友吧?再次有点担忧了,于是又大声呼喊,传来的声音更大了:不要着急,我们马上到了!隐隐约约地看到了红色的身影在移动,应该是他们!一定是他们!越来越近,从声音上判断,有男有女,救援队竟然有女的?

　　六点半,十几个穿红色衣服的队员出现在我们面前,简直像从天而降的天使,五个干练的女子,其余都是男的,年龄参差不齐,最大的老队长已经六十岁了。从另一个方向的两个队员也到了,大山里,这样的场面我还是第一次看见,眼眶湿润了,除了激动地一遍遍说:谢谢你们!太感谢你们了!再也找不到更适合的语言来表达我们内心的感激之情。他们很快分工协作,三个医生队员先查看伤情,判断有骨折,马上细心地用纱布缠了几根木棍用来固定脚,然后把伤脚用纱布缠住,五六个人打开折叠担架,等所有准备工作做好,大家一起动手把伤员放到了担架上,仔细包裹好,决定开始下山,还派出一个人照顾我们三个人。路窄崎岖,他们只能轮换着拖着担架往下滑,个个汗流浃背。因为走得急,都没有带水,我们也没有水。他们就这样,流着汗水,忍着干渴,很多人穿着短袖,胳膊被树枝划了一道道血印。快要下山时,天开始下雨了,八点半左右,我们终于被他们安全救援出山。把我们安顿到车上,他们还要返回山上取车,估计他们也要到很晚才能回家。九点半我们把伤员送到了西安红会医院。

爬山近二十年了,这次成为我最难忘的一次行程。既难过又感动,难过的是,爬山竟付出了血的代价,昨晚伤者做了全麻手术,钢钉接骨,且不说要忍受剧痛,怎么也得要半年时间的休养才能恢复,一年后还得手术取钉。感动的是,曙光的救援完全是无偿的,分文不收,说要给钱我们还不来呢!

我不知道他们是基于什么样的原因组建了这样一支看起来松散实际上凝聚力很强的户外救援队。因为有他们,户外爱好者有了一个保障,当遇到意外时,当困顿绝望时,他们会给我们带来曙光,这是一束爱的曙光。

我深深地被他们感染了,恨不得自己也有这样的能力加入他们之中,也能给其他人提供及时帮助。

正因为这束曙光,躺在病床上的伤员并没有因为这次伤而就害怕爬山,他说:"昨天晚上我休息得很好,虽然有一点疼,但是可以忍受,大家放心,等我好了,还要带我去爬山。"

是啊,山里有这样一群天使保护着我们,我们怎么可能因噎废食呢?

2019 年 9 月 10 日

去阎良看周老师——我们永远的先生

11月8日,入冬第二天,我们十个老同学从四面八方汇聚到阎良,去看望阔别三十九年的周天成老师。

虽然天色阴沉,又夹杂着细雨,我们却浑然不觉,因为每个人心里都有一个热切的企盼。

早到的四个男同学:晓文、华强、友臣、新庄,订好了离老师家比较近的饭店,天明、德义、雷虹、淑雅、青芳和我,十一点左右也到了。我们怕人多去老师家不方便,决定派天明开着他的房车,载着我和雷虹去接周老师。导航先把我们引到了阎良试飞院,与周老师家虽然只一墙之隔,我们却绕了几条路才找到周老师家,其实,延缓的这段路程,恰好可以让我平复一下马上要见到老师的兴奋情绪。

我第一眼看见周老师时,激动中有一些生疏,毕竟分别三十九年,老师已从中年人变成八十六岁的耄耋老人。老师也几乎认不出我们,因为我们也不再是他曾经教过的十四五岁的青少年,而是一个个都要奔六十的中年人。几分钟后,老师幽默风趣的话语,一下子拉近了我们的距离。

当我们几个把老师及老伴带到大家面前时,同学们一拥而上,叫着周老师,老师却几乎叫不上大家的名字了。

大大的圆桌,老师和老伴坐在最中心的位置,我们十个人围着老师坐成一圈。不知不觉地,我们仿佛回到了从前,凝神静听老师的课。只是这次老师没有课本和教案,老师的后面也没有黑板,我们也不用做笔记,但课堂气氛的热烈和精彩却丝毫不亚于当年,甚至比当年还要让人陶醉。八十多岁的老人,说话声音还那样洪亮,普通话还那样标准,侃侃而谈,陈年往事,在老师的记忆里并非如烟,很多事情的细枝末节,他都能娓娓道来,就连具体的人名、时间、地点,当时人说话的语气他都记得清清楚楚。记得当年,老师给我们上课时,一口流利的普通话,一身藏蓝色毛呢中山装,一条灰色围巾,一副度数很高的近视镜,知识分子范儿十足。

今天,从老师天南地北的阔谈中,我们才恍然有两悟:一是老师一生经历坎坷,从大学时代开始,就屡遭挫折和冲击,毕业后被分配在偏远的绥德,几经辗转才回到大荔,我们毕业几年后调到阎良试飞院子校,二十多年前退休,一直到现在。老师可以说历经风雨,但他依然保持本色,嬉笑怒骂,爱憎分明,又乐观豁达,热爱生活,追求美好。记得在大荔中学时,教工住宿条件非常有限,老师一家四五口人挤在一间十几平方米的瓦房里,老师却用神来之手,把小小的、满满的居室,布置得妥妥当当,看起来温馨舒适,一点不显寒酸和凌乱。出现在校园里、课堂上的老师,衣服得体整洁,头发一丝不乱。

二是我们当年以为气质不凡,学校唯一说标准普通话的老师一定是大地方来的。今天才知,老师是土生土长的大荔朝邑人,一个同学有意逗老师:"周老师,你说你是大荔人,我们可从来没听你说过大荔话,更不要说朝邑话了!你会说吗?"没想到,老师马上换频道,一口地道的大荔话,有时是朝邑话,对陕西几个地方的方言也了如指掌,学说起来,惟妙惟肖,惹得我们哈哈大笑。

一个多小时过去了,饭菜都已经上得差不多了,我们几次想打断老师,想开始我们今天拜访老师的仪式,但老师讲起任何事情,总是那么娓娓动人，我们总是不忍打断。后来，只好强行打断，由晓文主持，表达我们全体同学，包括不能前来的同学这么多年对老师的感恩和思念，以及这次成行的经过。为了找老师，几经波折，动用了公安机关，才有今天相见的机会。下来我代表大家给老师献花，老师还是原来直爽的性格，说他八十五岁时，一些学生给他送了比这花大几倍的花，比一般蛋糕大几倍的蛋糕，我们马上说，好，我们给您过九十岁生日，他微笑着伸出食指说："不，过一百岁生日！"

下来，晓文给老师送了他精心准备的书法作品：师恩翰泽。我也拿出自己的拙作《人来人往》，请老师批评指正。

吃饭间，老师依然谈笑风生，丝毫没有倦容，我悄悄地和雷虹私语，老师这么大年龄了，精神状态如此好，令我们这些晚辈自愧不如。

其实，老师也不是神人，毕竟年龄不饶人，一身的病，但他对所有疾病乐观待之，有一句话我印象深刻，老伴忧心他新染的一种病，他反而轻松地说："不用愁，它能悄悄地来，说不定哪天也会悄悄地走了。你看，我今天不就一点都没事儿。"

快两点了，饭也吃得差不多了，我们考虑老师年龄大了，需要休息，准备送老师回去。老师说，不用休息，我不累。在我们的坚持下，才同意回去，但老师从座位上站起来，我们都要走了，发现老师站在座位前把他盘子里的、碗里的、杯子里的所有食物、汤和饮料，全部吃光喝净。我说：都凉了，不吃了。他说，没关系，这是我的习惯。

当我们把老师送回家时，已是下午三点多了。大家还沉浸在和老师相见后的激动中。天明周到地安排了K歌，新庄一首《老师我想你》，恰如其分地表达了大家此刻的心情。我发现很多同学歌都唱得很好，让我大饱耳福。

回到家已经是晚上九点了，可是我脑海里还在回想着和老师有关的一切。

这样一位老人,白发苍苍,眼睛浑浊,行动缓慢,可和他相处的几个小时中,你全然不觉得他是个老人。你甚至觉得他是个和你一样的中年人,甚至年轻人。因为他思维敏捷,记忆力好,心胸宽广,心态平和,知足快乐,坦对生死。

这样一位智慧老人,正如他的一位学生给他的称谓:精神贵族。是的,我觉得这样的评价非常准确。老师淡泊名利,绝不为五斗米折腰,在任何情况下,都活得精神自由,精致自在。即使现在满脸老年斑,仍然衣服洁净、得体、白发不乱。

很幸运的是,这样一位精神贵族,被我们遇到了,在我们需要引导的年龄,他用丰富的知识和人生智慧滋养了我们、启蒙了我们,使我们受益一生。

我觉得我更幸运,因为高中两年,老师一直是我的语文老师,最后一年还是班主任,受老师的教诲更多。我大学读中文系,毕业后从事文学教学工作,也和老师的影响有莫大的关系,所以老师是我真正的恩师。

遗憾的是,这次见面,老师说他调到阎良后,应该是差不多三十年前,老师给我写了一封信。但至今,我都没有收到这封信。我好奇,老师在这封信里给我写了什么?

慨叹的是,相隔三十九年,老师依然睿智博学,妙语连珠,特别是他那天然浑成、自由洒脱的性情,还一如当年。

周老师,三十九年前您是我们的老师,今天,您依然是我们的老师,是我们人生学习的榜样!

在我的心中,在我们所有人的心中,您永远是我们的先生!

2019 年 11 月 8 日

再约四年

四年前的今天,也是一个午后,春光明媚,风轻云淡,外公外婆带一一去杜陵原上晒太阳放风筝。晚上回来外婆给一一写日记时才发现,这一天是四年一遇的闰日。

何谓闰日呢?百度上讲:地球围绕太阳运转一周的时间间隔约365.2422天,而国际通用的日历上每年只有365天。也就是说,每隔4年日历上就要多出将近一天的时间。为了解决这个余数,这一天为闰日——即2月29日。

外婆有点大惊小怪,觉得这一天值得记住,而且当时和一一相约,四年后的今天,我们再上杜陵原。

一眨眼,四年后的今天如约而至。我们今天如约再去杜陵原,却因为还在疫情控制中,上杜陵原的路封闭了。只好沿着雁引路继续往前走,看能否上大峪,半个小时后到了路口,也因为封路,只能折返。途经引镇,公路两旁还未发芽的白杨树,笔直笔直的,大片大片的绿草,如毯子一般铺在地上。我们终于可以下车,不用戴口罩,自由地呼吸,在茵茵草地上漫步,让春风拂面,挖荠菜和蒲公英,看阳光下小小的蓝色小花。这些小花有一个非常独特的名字——阿拉伯婆婆纳。

看着一一在远山映衬的绿草上迎风起舞、飞跑,外婆一边赞叹:好美呀!一边拍下她的每一个瞬间,脑海里不断浮现出四年前的画面,总是和眼前的这个画面重叠交错。这还是那个曾经胖嘟嘟、满脸稚气的小一一吗?

四年倏忽而过:一一由一个不到四岁的幼儿长成了一个快八岁的阳光小姑娘;由一个幼儿园小朋友变成了一个二年级的小学生;外婆也由五十出头变成快要奔六十的人。而眼前这个翩翩起舞的美丽小姑娘,总嫌时间过得慢,总希望自己能快快长大,和外婆在时间的隧道里逆行交汇。但无论一一觉得过得慢也好,还是外婆觉得过得快也好,谁也改变不了时间运行的节奏。唯一可以肯定的是,一个又一个四年之后,一一会逐渐长大,外婆会逐渐变老。

四年前的今天,外婆好奇,四年后的一一会是什么样子?此时此刻,外婆的好奇心得到了大大的满足,一一长高了,一一漂亮了,一一懂事了,一一聪明了!

今天在回来的路上,外婆和一一又约了一个四年:四年后的今天,我们再一起出来踏青,那时,一一快要十二岁了,应该是个中学生了,外婆也会是花甲之外的老人。

虽然外婆并不期待自己越来越老,但却十分好奇和期待:四年后的一一会是什么样子呢?

2020 年 2 月 29 日

陕南行散记

第一天

2020年12月4日，阴。

早晨八点半，宏才从渭南到临潼和治林会合，九点半到大明宫接上笑丽，十点半在太乙路立交桥下接到我，四人的南行之旅，按计划正式开启。

我们从曲江收费站入口进入西康高速，第一个目的地——平利县。差不多下午一点到了安康东服务区，休息，吃饭，每人一份手擀面。一个小时后继续赶路，下午四点多到了平利县。县城夹于两山之间，不大。我们趁天黑之前，先去了传说中的美丽乡村——龙头村。村子看起来比较排场，可惜清冷萧瑟，它的美丽可能在彼时吧，既然错失，我们也没有多留。继续前行至十几公里处的关垭古城墙遗址。

一到陕鄂交界的关垭，我马上有种似曾相识的感觉。差不多十年前，自驾去神农架经过这里，我们还停车拍照了。

再来此地，一晃十年已过。关垭还是关垭，我却不再是十年前的我。真是物是人非啊！

我们顺着台阶上去，有一个瓮城，两边各有一小段城墙，陕西和湖北两省分别立了界碑。这座建于公元前七世纪中叶的城墙，两山夹峙，古称为"白土关"。战国时期,秦楚争战,属地多变,因此有了"朝秦暮楚"的成语。解放战争时期,这个关隘,也因为其独特的地理位置,为解放平利立下了汗马功劳。

暮色苍茫中我们离开了关垭,返回县城,安顿下住处,在酒店吃完晚饭已是九点多了,大家早早休息。

一夜无梦。

第二天

2020年12月5日,阴。

我和笑丽起来,已是八点。宏才已经把平利城转了个来回。八点半我们一起在酒店吃完早餐。九点回房间,治林给大家泡工夫茶,边喝边聊,不知不觉,一个小时过去了。收拾行李,开始今天的行程。

我们先去了桃花溪景区,门口的三叠泉很抢眼,又是贾平凹题的字,更显奢华。沿石子山路缓缓而行,泉水潺潺,很是惬意。桃花盛开时节,这里一定美不胜收,但估计人头攒动,哪有今天这样的独享?

走不多远,一个大瀑布突现眼前,轰轰烈烈奔流而下,旁边的路陡峭奇峻,抓紧锁链,一步一台阶上到了瀑布的源头。再继续上行,一个彩色玻璃桥赫然在目,从上面走过,如在云端,多看一眼会头晕目眩。有恐高症的宏才在工作人员的搀扶下才走完最后几步。绝壁下有一条路通往滑道,我们几个穿上短裤滑服,依次而下,遇到拐弯处,笑丽大呼小叫,怕后面的治林刹不住,撞到自己。滑在最前面的宏才,到底是老司机,驾驭能力强,遇到陡坡,会大声提醒我们小心,随后倏忽就不见了。

下午两点多我们出了景区,在停车场吃点东西,准备去鸡心岭。鸡心岭(又称金鸡岭),位于陕鄂渝三省之交,比关垭的地理位置还要特殊,处在北纬 31 度,东经 109 度上,恰好位于中国雄鸡版图的心脏位置,且鸡心岭山峰也像一只高歌的雄鸡,所以有"中华奇观"之美誉!有"自然国心"之称!岭南是重庆巫溪县,西北坡是陕西镇坪县,东坡是湖北竹溪县,"走上鸡心岭,一脚踩三省"指的就是此岭,上面有国务院 1996 年竖立的界牌标桩,为陕、渝、鄂分界线,海拔 1890 米。

我们出来这几天,一直是阴沉沉的天。到了鸡心岭,突然云开雾散,像是到了另一个世界。蓝天下的远山,奇峰峻岭,雾凇皑皑,确有诗人倪嘉在《鸡心岭抒怀》中"峰峻岭崇尽神韵,飘然疑作摘星人"的感觉。

下午四点多,我们告别鸡心岭,投宿镇坪县城,住在深山来客酒店。陕南的县城基本都建于山谷之间,典型的山城。相比于平利县城,我更喜欢陕西最南端的镇坪县城。它小巧玲珑,高低起伏,迂回曲折,连接小城的几座桥,造型各异,韵味十足。似乎这里的女子也更加灵秀。

吃完晚饭,已经八点多了。我们沐着冷风,在灯火阑珊的街道上漫步,治林似乎喜欢这样的夜晚,冷和清,说他要一个人静静地享受这样的时刻。

第三天

2020 年 12 月 6 日,阴。

早晨八点半在酒店吃完早餐,我们和当地人一样,过桥赶市,去了桥那边的农贸市场,四个人竟走散了。我和笑丽买了腊肉魔芋干、豆腐干、豆豉,满载而归。十点多回到酒店,整装待发。

今天我们要直奔飞渡峡,据说是个 AAAA 景区。因为淡季,治林购票时,工作人员给我们优惠,说四人买三张票就可以。可是,治林微信支付时,无意间还是按四人支付的。治林的宽厚,由此可见。

偌大的景区,只有我们四人,更觉寒气逼人。看来,我们今天车游一下就可以了。

到了瀑布群,宏才说还是下车走走吧。只见满山遍野白雪茫茫,脚下泉水叮咚。走不多远,一个足有百米长的瀑布从天而降,气势磅礴,我们被眼前的景致震撼到了。从瀑布下面的木桥过去,还可以继续上行,到瀑布的中段,路边山岩,一长排粗细大小不一的冰凌柱,又让我们兴奋起来。红色的树叶被裹在冰柱里,晶莹剔透,煞是好看。大家都有小时候冬天吃冰凌的记忆,于是,一个个拿起冰凌,用舌尖回味小时候,冰彻透骨,周身通畅。

从飞渡峡出来,我们上高速,两个多小时后,到了第三个目的地——旬阳。夜色朦胧下的旬阳,已经找不到几年前的一丝印象。虽然还是山城,但高楼大厦林立,给人全然一新的感觉。入住后,在酒店近旁吃烤鱼,饭香酒酣,好不痛快!

第四天

2020年12月7日,阴。

今天我们起得早,七点半吃早餐,八点离开酒店。

先上到旬阳城的最高处,俯瞰旬河入汉水形成的太极城。然后顺着旬河去蜀河古镇。这一路的山山水水,入眼成景,秀丽的巴山倒影,旬河的水碧绿清澈,水域开阔,两岸翠竹掩映,白墙蓝瓦的民房,上下错落有致,袅袅炊烟,诗情画意。

十点多,我们到了旬河古镇。

古镇依山傍水,历史悠久,文化积淀深厚,从清以来,商贾往来频繁,是驰名于汉江中上游的商贸重镇。镇内的黄州馆、杨泗庙、清真寺等明清时期古老建筑,造型古朴别致,景态各异,历经岁月洗礼,依然透射着古风古韵,成为一道亮丽的风景。其实,我更喜欢它蜿蜒曲折的石板小路,精巧别致的民居,用薄石岩板砌的矮墙,细小的缝隙里,不时会长出一两根嫩绿的小草小花,委婉动人,上上下下的台阶,也长满了青苔。两个老人正在自家院子里生火做饭,看见我们,热情地招呼坐下,说等会可以吃蒸好的红薯。笑丽喜欢院子的几块石头,老人说喜欢了洗洗干净拿走吧。可惜太沉了,宏才用袋子拿走了一块小石。热心肠的老人给我们指点了去黄州馆的路,才和我们挥手告别。

多年旅游,我们也都去过很多古镇,因为过度开发,那些名气较大的古镇商业气息已经非常浓厚,早已失去原汁原味的古镇风貌。藏于深山的蜀河古镇,依然保留完好,民风淳朴,实在难得。

中午在古镇吃了当地的蒸面,我们开始返程,六点多回到西安,最远的宏才回到渭南也差不多晚上九点了。

我们四人四天的陕南漫游来回 1160 公里,游历了陕南的平利、镇坪和旬阳三县,两次到达陕西边界,领略了很多自然风光和人文遗迹。

更珍贵的,几个老同学有了完整四天在一起的时间,一路上留下了许多欢快的笑声。

我相信,若干年后,这段旅程会成为我们珍贵的回忆。

2020 年 12 月 12 日

甘南之行(一)——扎尕那

这次甘南之旅,算是我的心愿清单之一。

因为这几年我一直纠结在时间里,一方面觉得自己还很年轻,尤其是心态,始终对这个世界充满好奇,总想去探寻未知的地方;另一方面又强烈地感受到了自己老之将至,黄金时间所剩不多,所以想在自己身体还有能力时,逐一完成未了心愿。

前几年去亚丁稻城,有比较强烈的高反。因此,对甘南一直向往,却心有余悸。

今年终于下了决心,来了甘南。

说句实在话,第一天的郎木寺没有打动我,昨天的花湖和黄河第一湾落日也没有打动我,但是今天的扎尕那,一进石门就触动了我,我一下子爱上了这个地方。

扎尕那村位于甘肃省甘南藏族自治州迭部县益哇乡。"扎尕那"是藏语,意为"石匣子"。扎尕那是一座完整的天然"石城",四面环山,地形既像一座规模宏大的巨型宫殿,又似天然岩壁构筑的一座古城。我们从唐克到达扎尕那是下午一点多,车刚停在景区里面,瓢泼大雨突然从天而降,十几分钟后雨停了。我们顺着木栈道拾级而上,四周高低形状各异的山峰,云雾缭绕,山下梯田翠绿欲滴,走到仙女滩上,一个铺满绿草,长了许多野花的草甸就在脚底,站在观景台俯瞰山下,山岚氤氲,错落有致的民居炊烟袅袅,让人觉得如同仙境,又似人间,难怪扎尕那被认为是亚当夏娃曾经住过的伊甸园。

我们住在位于半山腰的扎尕那人家酒店。吃过晚饭,大家游兴仍浓,于是又顺着蜿蜒曲折的路继续上行,到了巨大的转经台,傍晚的扎尕那,四下望去,随处都有无法描述的美。

今天之前,我以为此次甘南之行是我的第一次也是最后一次,但是到了扎尕那,我却说了好几遍,这个地方我还要再来。

2021 年 7 月 19 日

甘南之行(二)——拉卜楞寺

甘南之行的第五天是我们这次行程的最后一天,也是压轴的一天,因为要参观著名的拉卜楞寺。

关于拉卜楞寺,早有耳闻,它是藏传佛教格鲁派六大寺院之一,始建于1709年,鼎盛时期僧侣多达四千人,被誉为"世界藏学府"。

进入拉卜楞寺的方式完全出乎我的预料。我们一行近四十人,六点钟随着领队和当地信徒一样,在太阳没有升起的时候,缓缓进入寺院。先在世界上最长的转经长廊开始转经,我们的前前后后,有穿紫红色长袍的僧人,有普通的信徒。他们有的念念有词,有的手捻佛珠,脸上平静而祥和。转经长廊的一侧,零零散散还有一些磕长头的信徒,他们是凌晨几点开始,会磕到几时,就不得而知了。

转经长廊实在太长了,据说有两千多个转经筒,转完需要一个多小时。我们转了三分之一时,离开寺院去对面山坡上约三十米高的晒经台。据说:每年正月十三的晒佛节场面非常壮观,是拉卜楞寺规模最大、最隆重的法会之一。一大早,寺里的僧人就会把平常放在佛阁里三世佛的巨型唐卡抬出来晾晒,一年晾晒一尊。可以想象,彼时的这个地方会是多么隆重而庄严。

七点多,一轮红日从东边的山坡升起,万丈光芒洒落在拉卜楞寺的金色大顶上,显得更加崇高和神圣。

　　披着霞光,我们再次进入拉卜楞寺,依次参观寺内的主殿宇、学院、佛殿、昂欠(大活佛宫邸)、僧舍及讲经坛、法苑、印经院、佛塔等,这些形成了一组具有藏族特色的宏伟建筑群。

　　一步一步走完晨曦中的拉卜楞寺,虽然还没有让愚钝的我完全开悟,但心清净了许多。

2021 年 7 月 22 日

蓝梦岛的二十四小时

LANMENGDAO DE ERSHISI XIAOSHI

也许因为我从大学毕业后一直从事讲授外国文学课程的缘故，神思经常遨游在世界文学经典中的异国他乡，但身体却从未踏入。2010年我才第一次走出国门，陆陆续续地涉足了十几个国家，这些不同国家的风土人情、文化习俗、自然景观，给我留下了深刻的印象，也开阔了我的视野。这里选择了部分见闻。

娱乐精神

对于篮球,我仅有的体验是十年前参与校工会组织的教职工篮球赛,被滥竽充数般地赶上了场,竟稀里糊涂地投进了一球。此后,我再没有碰过篮球。至于电视转播或直播的国内外篮球赛,很少观看。但美国职业联赛NBA却在多年前被灌进我耳朵,也只限于知道几个明星而已,早先的乔丹,近来的科比、姚明,进一步问有多少支球队、赛季的时间、比赛规则等,我就一概不知了。

这次去波士顿,接待方盛情地安排我们看了一场波士顿凯尔特人对丹佛掘金队的篮球赛。初闻消息,大家都很兴奋,我当然也很高兴,虽然不懂篮球,但觉得能看到代表世界篮球最高水平的NBA比赛,本身就很有意义了。

我记得那是12月8号的晚上,尽管寒风呼啸,零下的温度,也没有阻挡住人们迈向体育馆的步伐。进入馆内,一派节日的景象,人潮涌动,热浪翻滚,不管男女老幼,每个人都兴高采烈。圆形的比赛场,入口很多,每个口都守着一名工作人员,周到地给你指路引路。我们进入时,场里已经坐满了观众,差不多有两万人左右,辽阔高大的球馆上空飘扬着一排彩旗,每一面都是波士顿凯尔特人在联赛中取得冠军的锦旗。我注意到这支球队的队徽非常有意思,有点像喜剧大师卓别林。

据说赫赫有名的凯尔特人从创建初一直沿用至今,不曾更换过。穿着绿夹克,戴着绿帽子,拄着文明棍的人儿,估计就是凯尔特人队第一任老板的真实写照。

七点整,比赛正式开始了。全场欢声雷动,比赛紧张而激烈,带球、传球、投球都是一刹那的事,眼睛根本看不过来,呼啦一下子过来,还没回过神来,一个远球,呼啦一下子又过去了。随着场上队员的来回跑动,观众席上的呼喊声也此起彼伏,我听不懂他们喊什么,但总觉有区别。我想,是不是像国内足球场上的国骂?坐在我旁边的中国留学生小徐也听不懂,她问我们身后的三个小球迷,他们很耐心地解释给我们听,当主队进攻时,球迷喊"进一个,进一个!"当对方进攻时,球迷会喊"防御,防御!"有时,他们也会喊主队里的球星名字。

全场比赛分四节,中间休息时,气氛比比赛还要热闹,现场的摄像师会把镜头完全对准观众席,影像同步出现在场馆中间上方的圆形超大彩屏上。我真佩服这些美国人,每一个观众都有表演天赋,当知道自己此刻是主角时,配合得非常好,或舞姿,或做鬼脸,或和身边的人拥抱、接吻。总之,他们会把自己的心情演绎得淋漓尽致,看的观众,也被镜头里的千姿百态所吸引,常常爆出雷鸣般的笑声、掌声。我身后的几个小伙子,穿着主队的绿色球衣,不甘心被摄影师遗忘,先是站立起来,扭动作怪,看没有效果,他们干脆走到过道上,一起跳起了街舞,摄影机的镜头还是没有落在他们身上,但几个小家伙依然欢快地跳着。虽然没能上镜头,但他们执着而活泼的舞姿,给我们周围人带来了快乐,大家不约而同地把掌声给了他们。第二次休息时,篮球宝贝们穿着热辣的露脐装,跳起了火力十足的辣舞,赢得了全场的欢呼。

置身于这样一个热闹无比的场所,我有一种似真似幻的感觉,竟有时会忘了自己身在异国他乡,身心完全融入这轻松欢乐的海洋之中,我甚至分不清自己是来看篮球赛,还是来看这些球迷的。但我清楚地知道,这场篮球赛的精彩我没有领会到,而现场近两万名球迷的娱乐精神却深深地感染了我、感动了我。

我喜欢这样的娱乐精神!

2011 年 1 月 5 日

墓　　地

　　人的胆量大小,是否和身体里胆的大小有关?胆大的人,胆子就大,胆小的人,胆子就小?对于这个问题,我至今没有得到一个明确的答案。但我知道自己属于胆小的。

　　小时候,怕一个人在家,更怕晚上父母都不在,要是真有这种情况,我宁可一个人蹲在家门口,也不愿待在家里,好像家里藏着洪水猛兽。至于墓地,绝对是一个禁区。但小伙伴中,总有胆子大的人,每年开春,我们会结伴去采白蒿(茵陈),而这种菜偏偏喜欢长在荒郊野外的墓地上,没办法,想吃白蒿麦饭,就得硬着头皮去墓地,采着采着,也忘了害怕。去过一次,应该不怕了吧。可我,回回去,回回头皮都要发紧。

　　小时候也最怕别人讲鬼故事,越是绘声绘色,越让我毛骨悚然。

　　这些怕的经验一直延续到现在,以至于每年清明回去给父亲上坟,我总要表弟陪着。阴森恐怖,成了我对墓地的记忆和印象。

　　这次在波士顿的自由之路上遇到的第三个地方,恰是一个墓地——老穀仓墓地,彻底改变了我原有的印象。

　　墓地一栏之隔就是繁华的街道,四周建有商业楼或居民楼,甚至在一座楼里,透过窗户我们看到一排排的婴儿推车,是否有幼儿园?无法考实,但里面肯定有来人世不久的宝贝。

冬天的寒冷,并没有给这里增添特殊的阴森,它一同被太阳照射着。阳光透过几棵有年头的老树枯枝,稀稀疏疏地洒落下来,零落的树叶堆积成一坨坨小山。蜿蜒的小路,交错在墓碑之间,闲逛的路人、旅人,三三两两,徘徊其中,还有摄像留影的,有的人,蹲下身子,仔细阅读墓碑上的文字,似很想认识安息地下的每一位。美国《独立宣言》的签署人约翰·汉考克和山谬·亚当斯长眠于此;独立战争的领袖,伟大的科学家、发明家和音乐家,100 美元头像的富兰克林,他的双亲也安息在这里。我走在这些墓碑之间,竟没有丝毫的紧张和恐惧,反而很从容地走过一个个灵魂的栖息地。这些只有姓名、职业和生卒年月的墓碑,朴素、平常,没有丝毫的张扬,却让人肃然起敬。

死亡只是生命的另一种形态,甚至连存在的地方都和生前一样,某个街道的某个拐弯处,如果死后,可以是这样一种状态,死亡就不再恐惧,也不是寂寞的事了。生死,可以轻松地跨越。

离开墓地时,心里热热的,升起了一股对生命更加尊重、更加热爱的暖流。

2012 年 12 月 28 日

蓝梦岛的二十四小时

7月4日中午,我们离开巴厘岛,乘船半小时,人晕晕乎乎的,船停泊在一个小岛,这定是蓝梦岛了。

和巴厘岛不一样,这里的天更蓝、云更白、海更清。和接船的联系上后,我们坐着小敞篷车,像驶入迷宫一样,小土路蜿蜒曲折颠簸,拐了无数个弯。刚才从船上看到的茂密树林,荒无人烟。一个弯之后,洋气的小店、矮屋、院落突然依次闪现,门口全都是英文标识。我们的"家"到了,"家人"是一个三十来岁的小伙子,黑黑的,用英语热情地招呼着我们,坐在门口开放的大厅沙发上,不一会儿就给我们调制了三杯冰镇橙汁。走进院子,两个玲珑娇小的游泳池,清澈见底的水往外满溢,一个就在我们房子的下面。小木屋,茅草屋顶,露天卫生间,高大的香蕉树上挂了两串深绿色的香蕉。卧室小而舒适,空调、蚊帐一应俱全,卧室外还有一个小露台,竹藤桌椅。奇怪,明明第一次来,却有似曾相识之感。

走出"家门"不到二十米,一个海边餐吧。听着海浪卷起落下,看着一望无际的远方,周围几乎全是不相识的异乡人。此情此景,虽然身边有女儿孙女,仍有一缕地老天荒,遗世独立的情绪,不悲不喜,身心透彻清明。

傍晚,我们沿着小路,向有"鳄鱼的眼泪"方向走去,途中遇到几个当地人,会微笑地主动给我们打招呼,问去哪里,并给我们热情地指路。鳄鱼的眼泪其实是一个海角,这里海浪极大,冲天的白色浪花,肆意扑打在黑漆漆的岩石上,形成一股巨大的水幕。六点多,太阳将要落下,余晖下的沙滩上,有人逐浪,有人静卧,——和妈妈,把沙滩当画纸,把手指当画笔,小鸭、小狗、猫咪、花朵,甚至还有拼音字母,外婆也即兴画了一个孔雀。不知不觉,天色黑了,深蓝的天空上,一朵云彩,变幻莫测,一会儿像一条龙,一会儿又幻化为一尾鱼……整个小岛,安详、寂静,唯有满天的繁星闪烁。

蓝梦岛一夜,以为可以做一个和它名字一样的浪漫之梦。第二天醒来,发现昨晚的梦,和蓝梦岛一点都不搭调,几个老友,包饺子吃。蓝梦岛之梦,虽不浪漫,但梦中的烟火和香味还久久萦绕不去。

七点多,洗漱完,我独自去海边,海水依然充满激情地随风起舞。一个四十多岁的妇女,拿着一个竹盘也来到海边,和我打了一声招呼:"morning。"她走向海滩,弯腰把盘子里的东西——取出,摆在沙子上,鲜花树叶米饭,并用手蘸着酒水撒播。我虽然不能用英语和她交流,但我能肯定,这是她每天早晨必做的事情,祭奠海神,祈求平安。回到客栈时,客栈老板娘也在做同样的事情,不过,她是给家门口的两尊神像祭拜。用过早餐,我们三人一起顺小路漫步,我发现每个家的门都很有个性,没有重复的。或简洁,或繁复,或古朴,或现代,却都好看、耐看。客栈的花狗,不知什么时候悄悄地跟在我们后面,我们停,它也停;我们走,它也走。似乎怕我们迷路,又似乎来保护我们。真想这么一直走下去,走遍这个小岛的角角落落……

快到中午了,我们要离开这个家,离开这个小岛。还是昨天的小敞篷车,走的还是来时的路。虽然只有 24 小时,但我竟对这条小路有了感情，喜欢它沿途的一切，包括它的坑坑洼洼。

  也许小岛知道我的留恋，故意拖延我们离岛的时间。先是我们的敞篷车在一个极窄的路段，避让对面的车时，左前轮胎被路边的一个石头扎破了。师傅连声道歉，马上拿出工具换轮胎，同车的一个欧美男士也下车帮忙。这中间，来来往往的敞篷车、摩托车都会停下来，问是否需要帮助。轮胎很快换好了，到了码头，我们和行李一起上船。但不知何故，已经起锚的船又掉头返回，我们和行李又一起下来。过了十几分钟，人和行李分成两拨，重新上不同的船。今天风浪太大，船颠簸得十分厉害，我担心一一会晕船。没想到，一一笑得很开心，说她喜欢这样，还问外婆："你知道船为什么这么颠吗？"还没等外婆回答，她就告诉外婆答案，她说："因为船太高兴了，所以它一边跳着一边向前跑着。"我此刻的心情也和这船一样，因为高兴，所以思绪漂得很远。不久，我一定会约上几个好友再来蓝梦岛。住下来，把和蓝梦岛一见如故的缘分再续下去。

2018 年 7 月 20 日

埃 及 七 日

2018年1月26日,晴。

我们比原计划晚了六个小时,于埃及时间下午五点落到了阿斯望机场。接我们的是埃及导游,中文名叫李磊。原定参观阿斯望大水坝的项目,也无奈取消了。直接坐车到游轮,吃饭,入住。这个游轮不大,共有六层。我们住在游轮的四层,五楼有甲板。睡觉前,我们到甲板上看夜色下的尼罗河和阿斯望夜景。晚上尼罗河风很大,很冷,但月光明亮,星星闪烁。外公、虎爷和李姥姥坐在甲板上,趁着夜色,喝着埃及的啤酒,外婆带一一回房间洗澡,睡觉。一一在飞机上睡得很少,回到房间,洗漱完,听着凯叔讲故事,几分钟便进入梦乡了。

1月27日,晴。

船凌晨停靠在卢克索之后,七点半在船上餐厅吃早餐,八点下船上岸,乘车参观帝王谷,这是一个自费项目。帝王谷坐落于离底比斯遗址不远处一片荒无人烟的石灰岩峡谷中。在断崖底下,就是古埃及新王国时期(前1570—前1090)安葬法老的地方。几个世纪以来,法老们在尼罗河西岸的这些峭壁上开凿墓室,用来安放他们显贵的遗体,同时这里还建有许多巨大的柱廊和神庙。一共有60多座帝王陵墓群,埋葬着埃及第17王朝到第20王朝期间的64位法老,其中有图特摩斯三世、阿蒙霍特普二世、塞提一世、拉美西斯二世等著名的法老。长长的墓道圆拱墙壁上，布满了色彩艳丽的象形文字和图画，最里面摆放着法老的棺木。

之后参观哈素女王庙，哈素是古埃及的女法老，其陵庙就在帝王谷东边，是古埃及唯一一座三层神庙，也是这位女法老存世不多的纪念建筑。于此，可以看到她为自己编写的"受命于天"的浮雕。

中午返回游轮，享用午餐。我一边吃，一边贪婪地隔着玻璃欣赏尼罗河。这条已经流淌了几千年的河流，孕育了光辉灿烂的古埃及文明，正像古希腊历史之父希罗多德所说："埃及是尼罗河的赠礼！"来之前，我以现在埃及的经济状态，武断尼罗河已经污浊，甚至枯竭了。令我惊喜和感动的是，尼罗河依然美丽、动人，蓝天白云下的尼罗河，如一条飘动的绸带，明亮清澈，两岸的绿色植被衬托出它的蜿蜒柔美，夜色下的尼罗河，如蓝宝石一般，沉静优雅。而且这条世界上最长的河流，至今仍然在交通运输、调节气候、灌溉农田、旅游观光等方面发挥着巨大的作用。

下午上岸，坐车。中途观赏了路旁的孟农神像，矗立在尼罗河西岸和帝王谷之间原野上的两座岩石巨像，是法老阿蒙霍特普三世神殿前的塑像，神殿本身已无踪影，雕像高20米，面部风化已不可辨识。我们的目的地是世界最大的神庙群——卡尔奈克神庙群。这个神庙群是埃及中王国及新王国时期首都底比斯的一部分，也是太阳神阿蒙的崇拜中心，还是古埃及最大的神庙所在地。在公元前1567年开始的古埃及新王朝，每天清晨，法老和他的臣民都要到卢克索的卡纳克神庙前迎接太阳的升起，迎接他们心中最崇敬的神灵从睡梦中醒来（阿蒙－瑞神——卢克索的地方神阿蒙和太阳神瑞的结合体）。在古埃及人心目中，一岁一枯荣的农耕收获和富足恩爱的生活都仰仗于这位神明的恩泽。同样，人们只接受由阿蒙-瑞神所授权的法老作为国家的领导者。神庙广场有一条一公里长的石板大道，两侧密排着无数只圣羊像，好不威武。巨大的神像守护在殿门口，走进去后的大柱厅，令人张口结舌，因为大得实在无法用语言描述，134棵石柱，分16行排列，中央两排特别粗大，每根高达21米，直径3.57米，可容纳100个人在上面站立，柱头雕刻有纸莎草花。走在这些柱子之间，犹如小人进了大人国，人类在神灵面前显得如此渺小。不远处的卢克索神庙，又是一座巨大的古埃及神庙，外观气势恢宏，在埃及语中它被称作"阿蒙南方的闺房"，专门为底比斯的三神太阳神阿蒙、自然神姆特和他们的儿子月亮神孔斯所修，在新王国时期它是每年奥皮特节的中心。

下午五点半，我们参观完了这些神庙，离开了卢克索，前往红海。四个小时后，晚上快十点到达酒店。吃完饭后马上回房间休息。——累得不想吃东西，很快就入睡了。今天确实很辛苦，四个神庙，四个小时的路程。

1月28日，晴。

早晨醒来后，——兴奋地打开阳台门，看阳台外面碧蓝的泳池。吃完丰盛的早餐，8点乘车去坐玻璃船，半个小时的车程，基本上都在沙漠公路上。大约九点到达港口，蓝天白云，帆船大海，美极了！坐进玻璃船里，船驶入红海深处，透过玻璃，海底的珊瑚、鱼儿似乎触手可及。十点多，在红海深处，我们开始浮潜，除了外公，——、外婆、虎爷、李姥姥，都换好泳装，准备下海。但——和外婆只在水里待了一会儿，就因为恐惧上船了。外公后来下海游了一会儿。十一点多我们回到了酒店。下午三点多，我们去海边追浪，玩沙子，——开始还有点怕，后来，玩得高兴极了。五点多气温低了，我们穿上厚衣服，去酒店另一边的沙漠看晚霞、远山、清真寺塔、沙漠、月亮这一幅壮观、美丽、温暖的画面。

六点多我们回到酒店,用晚餐。这么丰富的一天,——累了,九点多入睡。

1月29日,晴。

早晨五点,外婆叫醒——,洗漱,五点半吃早点,六点二十上车准备出发前往开罗。由于团里四个人迟到,出发的时间推迟了半个小时。六点五十,车开动了。一路向北,路两边都是漫漫黄沙,——很快就睡着了。两个小时后,醒了,我们由于坐在车的中后位置,——有点晕车,外婆带她坐在了第一排埃及导游李磊的旁边,外婆坐在她后面。窗外的景色也比之前好看一些,一边是红海,一边是沙漠,在红海的东边可以隐隐看见西奈半岛。三个半小时后,车停在一个服务区。休息了半个小时。下午近一点,我们终于到了埃及的首都开罗。大名鼎鼎的开罗,却稍显脏乱,尘土飞扬,这是我们没有想到的。吃完午饭,乘车前往开罗老城,参观悬空教堂、班耶兹拉犹太教堂、阿布希加-圣塞格鲁斯及酒神巴格斯教堂。悬空教堂始建于公元3世纪,是埃及最古老的教堂之一。在湛蓝天空映衬下的雪白色塔楼和美丽的十字架散发着基督教堂独有的圣洁和光辉。班耶兹拉犹太教堂于8世纪建造在科普特教区内的圣米歇尔教堂旧址上,是埃及国内最古老的犹太教堂。因为罗马军队的侵攻,一度被破坏,犹太教堂的外观非常简单,和内部的华丽细腻装饰形成强烈对比。阿布希加-圣塞格鲁斯及酒神巴格斯教堂始建于4世纪,是开罗最古老的科普特东正教教派教堂。埃及基督教徒认为这是圣母玛利亚和她的孩子在耶稣庇护下藏身的地方。每年的6月1日,开罗基督教徒会举办盛大的纪念仪式。参观完这些教堂后,导游带大家去精油店购物,随团出游的必备项目。晚餐在"宝宝中国餐馆"吃饭,这是我们到埃及后第一次吃中餐,每个人都很享受久违了的家乡味。之后,去酒店入住。但是,原本从饭店到酒店四十多分钟的旅程,走了快两个小时,开罗的交通实在混乱不堪,路面坑坑洼洼,没有分割线,红绿灯少,交警也很少,所以堵车非常严重。到酒店已经快九点了,一一在车上睡着了,到房间后继续呼呼大睡。

1月30日,晴。

八点十分在酒店吃完早餐,我们离开了酒店,前往世界著名的埃及博物馆。埃及博物馆位于解放广场,是一座具有3000多年悠久历史的古代埃及文明遗物宝库。这里收藏的各种文物有30多万件,陈列展出的只有6.3万件,约占全部文物的1/5。因这座博物馆以广为收藏法老时期的文物为主,埃及人又习惯地将其称为"法老博物馆",它也是世界最著名的博物馆之一。观看木乃伊时,外婆面对几千年前的遗骸,心里有几分惧怕,只是匆匆一瞥。没想到,一一不仅不怕,还看得非常仔细,和外公边看边讨论着一些细节。中午,用完餐后,我们去吉萨金字塔群,这是我们埃及行的最后一个景点,也是最重要的景点。约从公元前3500年开始,尼罗河两岸陆续出现了几十个奴隶制小国。约公元前3000年,初步统一的古代埃及国家建立起来。古埃及国王也称法老,是古埃及最大的奴隶主,拥有至高无上的权力。他们被看作是神的化身。他们为自己修建了巨大的陵墓金字塔,金字塔就成了法老权力的象征。因为这些巨大的陵墓外形形似汉字的"金"字,因此我们将其称为"金字塔"。开罗郊区吉萨的三座金字塔,包括胡夫金字塔、海芙拉金字塔、孟卡拉金字塔以及神秘的狮身人面像。站在巨大的胡夫金字塔下,人显得极其渺小,每一块石头足有几吨重,不知道几千年前的古埃及人是怎么开采,怎么运输,又是怎么不用任何黏着物把这些石块砌到146.59米高?带着太多的惊叹,我们下午四点多前往埃及著名纸莎草画店。纸莎草和埃及一样古老,它保存和见证了埃及最早的文明,也曾一度面临灭绝的危险。我们先观看了传统的造纸过程,然后选购了一幅幸福树的纸莎草画。中餐馆用完晚餐,八点多返回酒店。——又是在车上睡着了。我们埃及之旅的行程基本结束了。

1月31日,晴。

返程。由于天气原因,飞机由原来今天十二点延误到2月1日凌晨两点才起飞。还好,从开罗返回时间比来时短一个小时。——基本都在睡觉。快要降落西安时,一个空乘叔叔给了一——块青椒,让她慢慢嚼在嘴里,避免降落时耳疼。北京时间下午四点多,我们平安到达西安,回到家已是七点多了。——进家门首先抱起肖恩(猫),久久不放手。我们丰富精彩的埃及之旅圆满结束了。

斐济五日

2019 年 1 月 25 日

斐济第一天

历经 15 个多小时的辛苦飞行,我们终于看到了斐济。果然是南太平洋的一颗珍珠,湛蓝的天空、碧绿的海水和葱郁的植被。斐济有三百多个岛屿,中午,我们被海上飞机放在了被称为上帝臂弯的天堂湾岛上,这里除了原住民和欧美旅人外,几乎看不到亚洲人。

午饭后,——和妈妈在外公的指点下,很快学会了浮潜,看到了海底世界彩色的鱼群和鲜活的珊瑚。

我怕水,更怕海水,始终只远观,而不敢亲近海。这算是我这辈子无法逾越的一个障碍。

不过,一个人躺在海边的吊床上,翻看一本闲书,吹着海风,听着浪声,也很惬意。

2019 年 1 月 26 日

斐济第二天之一

徒步天堂湾岛

早上六点多被房前屋后的鸟声吵醒,天已经大亮。洗漱一番,喝口清水,开始岛上徒步。

  道路两旁都是茂密的原生态森林。不时有盛开的野花映入眼帘,有被奉为斐济国花的吊灯扶桑,有与它双胞胎似的朱槿花、白色鸡蛋花,还有陌生的生石花、朱樱花、龙珠果等等。走了一会儿,鞋子被草上的露珠打湿了,一尺多长的豆荚掉落在路上,已经完全干枯。左拐一个弯,不远处,有标示看日落的地方,登上去一看,一望无际的大海,凭栏远眺,一艘渔船留下一道白色浪花。再右拐一个湾,前方道路芳草萋萋,似没有尽头,反而激起了我们极大的兴趣。想要继续探寻,一路上除了巨大的海浪声、悦耳的鸟鸣声,没有一丝烟火气。显然这个岛已经没有原住民了,昨天看到的原住民,已经是会说一口流利英语的五星酒店工作人员。

  慢慢地,开始有了坡,沿着几乎被草淹没的小路,我们登上了山顶,极目远眺,西北方向有一个绿茵茵的小山,不定又是一个度假酒店?

  坐在山顶上,四周大海茫茫,天穹之下,唯有我们。此刻觉得身心通透,人与自然完全融为一体,没有喜乐哀愁,只有跳动的一颗赤子之心。

斐济第二天之二
日落时分

  早上徒步时看到有日落观景台,像个孩子似的,我已经开始期待傍晚了。

  下午五点多,询问酒店前台,说六点日落。于是收拾沙滩上的一堆浮潜装备,回房间洗漱换衣,沿早晨走过的林间小道,赶往日落观景台。

  十几分钟就到了,恰好六点,但太阳依然火辣辣地,信息有误差?走上观景台,看到一对欧洲面孔的青年男女,已经坐在观景台的椅子上,问他们是否也是来看日落,他们竟然说不是?!

我们可是为日落而来,于是,坐在木台阶上,耐心等候。一会儿觉得手臂有点痒,以为是蚊子,细看有针尖般大小的黑色小虫,虽小,咬人却有力。为了看日落,我们可以忍耐和忽略这些"小朋友"的调皮。

六点四十分左右,太阳光慢慢地弱了下来,天空有了火烧云。只是并没有出现壮观的景象。过了一会儿,太阳完全隐没在远处的山后面,海面苍茫一片。

抱着极大的希望而来,带着极大的失望悻悻离开。

看来,这个日落观景台只是个传说。或者,人家这里的日落就是这样,是你太守旧,以为日落是该有的样子。

上帝是公平的,不会把所有的美景集中在一处,天堂湾有碧绿的海水,形状各异的珊瑚,五彩斑斓的鱼儿,足矣。

2019年1月27日

斐济第三天

六点多,太阳已经透过百叶窗细小的缝隙钻了进来,起床洗漱,穿上月初从泰国金三角买的花布长裙,搭件白色T恤,涂上口红,出门了。

整个岛屿还在沉睡中,只有海边前台放着轻音乐,和前台打个招呼"布拉",你好!

清晨的海滩,风浪很大,重复而不厌其烦地拍打着沙滩,天依然很蓝,海依然很绿。脱掉鞋子,赤脚漫步于松软的海岸,时不时会弯腰捡拾搁浅在沙滩上的贝壳、珊瑚,还有一些光滑细腻的石头,这些石头握在手里轻飘飘地,和山里沉甸甸的石头感觉完全不一样。以至于使我怀疑海之石和山之石,是否属于一族?

海螃蟹留下了一条条长长的脚印,天一亮就不见踪影,它们钻进了洞里,还是爬入海里,不得而知!

一排可爱小巧的爪印,莫非有海鸟昨晚到访了天堂湾?

来回走了几趟,准备吃早点。没有料到,昨天玩浮潜游泳的老少三代,今早都赖着不起床,甚至失了吃早点的胃口。他们尽管涂了防晒霜,但皮肤还是伤痕累累,直喊疼。岛上所见到的欧美人,不论男女老少,不戴帽子不穿皮肤衣,直着躺着,毫无顾忌地暴晒,唯恐没有沐浴在阳光下!唉,人种不同,皮质差异很大啊!

九点多,天空突变,刚才还晴空万里,此刻已经阴云密布,甚至还落了几滴雨,且风大,但凉爽宜人。

被晒伤了的老少,决定待在岸上疗伤,躺在草棚下的床上,看看书,听听音乐。可小人儿吃完早饭后,似乎完全恢复了元气,一头扎进泳池里,来来回回地游,玩倒立的把戏。其实我知道,她还在等待昨天在泳池认识的瑞士姐妹。不知道她们是怎么交流的,只会说几句简短英语的——,竟然和姐妹俩玩了一个下午。今早餐厅一见面,三人如见故友,热情地打招呼。孩童的世界纯净、简单、美好。

海是天的镜子,天蓝海蓝,甚至绿;天阴海灰,甚至暗。今天的天堂湾,九点后一直不肯转晴。恰好,可以有理由不去下海,享受岸边的慵懒。但——始终沉浸在异国友情的世界里,她们要么泳池里戏水,要么沙滩捡贝壳,时不时传来她们开心嬉笑的声音,阴晴灰蓝与她们无关。直到天色渐暗,三个宝贝才肯分开。

来天堂湾的孩子,真的躺到了上帝的臂弯里。

2019 年 1 月 28 日

斐济第四天

昨晚七点多,海边烛光晚餐时,——朋友的妈妈走到我们桌前,热情地递上纸笔,要我们互相留下通信地址和邮箱地址。交谈中得知他们来自瑞士,也在一所大学任职。

用完晚餐,回房间的路上,一一急切地要开始给她们写信。外婆说不急,等回家了再写。

不由得感慨,孩子的友情纯净得像天堂湾的海水。

十点多躺下睡觉,也许因为这是天堂湾最后一个晚上,思绪难平,半天不能入眠。黑暗中手机响了两下,打开一看,女儿从另一个房间发来的,她在中国地震局的表哥告知她,下午六点多斐济群岛发生了5.5级地震。可是我们没有任何感觉呀,难怪女儿即刻发了一个朋友圈:

"去巴厘岛,巴厘岛火山爆发

来斐济,斐济地震

[皱眉]我真的是棒棒哒"

也许受地震的影响,今早海风有点大,吃过早饭,一一的两个瑞士小朋友已经泡在泳池里了,一一马上换泳装泳镜,直奔泳池。在天堂湾,一一不需要大人陪伴可以去任何地方,大人也无须担心她离开自己的视线会有什么危险,常常几个小时我们都看不见她。

十二点多我们收拾好行李,在前台结账。三天三夜,除了三餐外,我们四人自费了55美金,包括两瓶啤酒,一盘沙拉,一份甜点,其中的小费,有一部分用于资助斐济的教育项目。

船下午三点来接我们离开,剩下的两个多小时,可以再躺在上帝的臂弯里,好好享受一下,吹着宜人的海风,或看书,或听海,或闭目养神。

不到三点,一艘三层白色船来了,我们和行李上了船后,酒店七八个工作人员边弹奏着乐器,边唱歌,为我们送行。虽然听不懂什么内容,但是歌声已经深深地感动了我们。再见,天堂湾,这里给我们留下了太多美好的回忆。

三天时间里,所有的工作人员,见了面都会微笑打招呼:"布拉!"特别是每个人第一次问过——的英文名索菲亚后,再见面时都能准确无误地叫出索菲亚。他们看起来黝黑高大且粗壮,但每个人都彬彬有礼,服务专业到位。有时还很幽默风趣,记得一次晚餐时,两个工作人员玩起了"小品",其中一个很惊讶地说找不见我们了,另一个端着给我们的餐,也煞有其事假装到处寻找。昨天早点时,——不小心把一只玻璃杯摔碎了,几个人马上过来说,对不起,明明是我们应该说对不起的!很快处理完玻璃碎片,让我们继续用餐。他们既是酒店工作人员,又都能歌善舞,我们到的第一个晚上,月光下,他们穿着民族服装,给我们表演斐济族的歌曲和草裙舞、扇子舞,最后邀请所有宾客绕着泳池跳……

船很快离开了像家一样温馨的天堂湾,驶向茫茫大海,站在甲板上,放眼望去,海阔天高。回望天堂湾岛,和我们在岛上看到的不一样,它的背后还连着一条长长的山脉。它变得越来越小……

船过了一会儿又停靠在另一个岛上,带着一批要从这个岛离开的客人,或者还有从船上下来去这个岛的。这艘船像个公交车一样,有它固定的车站,两个多小时,差不多停了四五次。沿途的小岛小巧玲珑,形态各异。快到丹娜努岛,也就是主岛时,风大,但很舒服,天空云卷云舒,变幻莫测,一会儿像两只天鹅,一会儿又变成一只猪,还吐着烟雾,倏忽又变成一只巨大的张牙舞爪的狮子。我站在甲板上,兴致勃勃,像观看一场天幕电影。

突然间,天色暗了下来,黑云密布,天几乎要掉下来似的,船马上要靠近码头了,暴雨倾泻而下。我们的雨具装在箱子里,拿不出来,只好淋着雨下船,好在不远处就是码头,虽然只有几十米,但衣服头发全都湿透了,每个人像落汤鸡一样。这时天也完全黑了。

没有想到，丹娜努岛会以这样的方式迎接我们的到访。

好在接我们的导游很快来了，一个华人小伙子，等到行李之后，我们坐上车，几分钟到了入住的希尔顿酒店。

海边别墅套房，二楼上有大大的客厅、餐厅、厨房、观景台、烧烤台，一一跑上跑下，特别兴奋。

吃过晚饭，给一一换睡衣时，发现一一的睡袍和外婆的帽子丢在了天堂岛。

一一来丹娜努岛的船上，一直念叨着天堂湾，因为那里还留着她的两个瑞士小朋友，这下好了，一一的睡袍留在了天堂湾，又多了一个念想。

甚或也有这种可能：许多年以后，一一可以和她的两个瑞士朋友，再次相会天堂湾！

2019年1月29日

斐济第五天——丹娜努岛

早晨五点多，阳台外已经阳光灿烂。楼下的一个小道过去，一大片草坪接壤大海。蓝天白云下，合欢树、绿草坪、黑躺椅、蓝大海，如仙境一般，和昨晚滂沱大雨中所见完全不同。

长长的海岸线上，只有一对欧美老夫妻漫步，有时会缓缓弯腰捡贝壳。这片海域非常漂亮，开阔大气，没有沙滩，只有松软的淤泥，走在上面软软糯糯的。

一一因为在天堂湾玩累了，今天竟然一觉睡到十点才醒。十点半去餐厅吃早饭，这里的工作人员和天堂湾的那些可爱的人儿完全不一样。好在我们只停留一天两晚，明天一大早就离开了。

突然，餐厅门口爬出来一个小婴儿，明亮的眼睛，甜美的笑容，让我们暂时忘却从上帝臂弯掉下来的失落。我忍不住要抱抱这可爱的小人儿,她也不怕生,旁边年轻妈妈温和地笑着。

我们步行去码头闲逛。来回走下来也就一万步,马路两旁有很多合欢树,花开得正盛,艳阳下红彤彤的。车辆行人不多,偶尔遇到不管是斐济人还是外国人,都会打招呼,一个小姑娘在车里也给我们:"布拉。"

下午三点以后,蓝天白云渐渐少去,乌云越来越多,海水也变成了灰色,我沿着海岸线又走了一圈,海风中有雨点,不大,很舒服。

走累了,躺在岸边的椅子上,完成斐济之旅的最后几行字。

——今天已经喊了几次想家了,尽管家人都在她身旁,尽管酒店有大大小小九个泳池。但她已经没有了玩兴。

其实,我也想家了,因为再美的风景毕竟还是他乡。

在外漂泊一段日子,又想回归自己琐碎的日子,才让人安心和踏实。

2019 年 1 月 30 日

希腊十一日

2019年8月4日,多云。

我们一家四口筹划了很久的希腊之旅终于开启了。早上外婆早早起来,准备做午饭——饺子。十点半吃饭,十一点开始做最后的行李清点和完善。十一点半出门等电梯时,妈妈和外公为一点小事拌了嘴,影响了大家的心情。哎,看来控制情绪是一个人一辈子都要坚持的修养。我们坐四号线直接直达高铁站,十二点多已经到了候车大厅,下午一点进站,一点半高铁准时启动。经过四个多小时,六点我们到了北京。一一车上看动画片喝茶睡觉,人在旅途的最惬意状态。在北京西站吃了快餐,外公外婆永和豆浆,一一和妈妈麦当劳。外面仍然下雨,又拖着行李,我们改变了原先在北京短暂停留的计划,乘七点二十五分的机场大巴,九点到了机场。离起飞时间第二天凌晨两点半还有五个半小时呢,出乎我们意料的,已经可以办登机了。办完登机和行李,我们轻松地安检,买免税化妆品。找座位休息时,发现有很多空位,完全可以躺下睡觉。差八分钟就是凌晨。妈妈已经困得不行,躺在椅子上睡着了。可是一一还很精神,不睡,这个小人呀,精神真大!

8月5日,希腊,晴。

凌晨两点半的飞机,因为北京雷雨天,延误到四点半才起飞。外公外婆也困得躺在椅子上睡觉,——丝毫没有睡意。上了飞机后,——很快就睡着了。经过十个多小时的飞行,希腊时间十一点,我们到了目的地雅典。接机师傅是个华人,非常热情,提醒我们住在卫城周围方便,但小偷特别多,一定要小心。我们住在一个民宿,一楼餐吧,二楼客房,房间很小,但干净方便。走几分钟就到了卫城遗址公园附近。吃完午饭,休整了几个小时,我们去了宪法广场,刚好赶上总统卫兵换岗仪式。之后我们又去了附近的国家公园。

8月6日,晴。

今天一大早吃完早饭,我们开始参观古希腊文明遗迹卫城、宙斯神殿、卫城竞技场、卫城博物馆。这些地方,外婆早已耳熟能详,今天亲眼所见,兴奋、激动、震撼。走在卫城的废墟中,看着残垣断壁的白色塑像,仿佛回到了两千多年前的古希腊,听到了苏格拉底的娓娓道来,宙斯那高大威猛的身躯,似乎他依然还掌控着这个世界,断臂的维纳斯令现代的希腊美女自惭形秽,三山环绕的竞技场典雅恢宏……一天下来,走了两万多步,——棒棒的,快结束时才喊了几声累。

8月7日,晴。

昨晚十点多我们乘邮轮离开雅典,前往克里特岛的干尼亚。这是——第三次坐邮轮,第一次是尼罗河上的小邮轮,第二次是太平洋上的公主号大型邮轮。这次是爱琴海上的中型邮轮。由于有两次坐邮轮的经验,——表现得很淡定,反而安抚第一次坐邮轮的妈妈,说:不要害怕。我们四个人在一个舱房,两个上下铺,——住上铺,妈妈住下铺。经过九个小时一夜航行,我们早上七点到了克里特岛的干尼亚码头,接我们的司机已经等在那里。经过半个多小时,我们到了入住的民宿,是一个位于干尼亚古城的老宅。因为我们到的早,房间还没有到入住时间,所以我们把行李先放在房间走廊。顺着巷子走出几百米,到了海边,沿着海边漫步到威尼斯灯塔,吃完午饭,回到房间,一个很大的单元房,有餐厅和厨房。午睡后,我们又下楼在古城转悠。

8月8日,晴。

早上八点半我们去干尼亚粉色沙滩,路程两个多小时,需要穿越一个峡谷,沿途两边满山遍野的橄榄树,现在正是橄榄生长发育时期,坐在行驶的车上几乎看不见果子,只有停下时可以看到像花生米大小的深绿色的果,这是我们第一次看见橄榄果。司机一路上跟妈妈在说话,主要介绍克里特岛的一些文化和神话故事,非常绅士的一位中年人。快十一点时,我们到了目的地。阳光下的爱琴海像绿宝石一样,非常美丽。但没有看到所谓的粉色沙滩。游人很多,近处的凉棚已经没有空位,我们只好到稍远的一处寻找。终于找到了一个圆形的草棚,一圈吊着草叶,沙滩处于一个山谷的开阔处,风很大,躺在椅子上看蓝天背景下的草棚风中飞舞,倒是不错的享受。他们几个换上泳衣下海了,我一个人在沙滩上听风、看书。一会儿,女儿、一一和我都想上洗手间,我们沿着指示牌,到了洗手间,高高的台子上有两个卫生间,一男一女,一个人坐在一张桌子旁,专门收费。

给每个人出票,人们自觉地排着长队,前一个人从台阶上下来,另一个人才像登上领奖台一样走上去。偌大的沙滩上,每天成千上万的人,却只有两个洗手间,难怪要排长队。奇怪,人们也耐心排长队,而不是去沙滩上随处可见的树木草丛中解决？希腊人的素养由此可见一斑。中午之后，一一跑回来惊喜地叫我，说她和妈妈发现了粉色沙滩。我连忙去看，果然一长片沙滩上有粉红色的色彩。我原本打算今天不下海的，所以泳衣都没带。但看到眼前一大片漂亮的浅滩，水透亮透亮，踩在里面有的地方才到脚踝，被太阳晒得暖暖的，许多幼儿坐在水里嬉水挖沙，看起来好舒服。我也索性走向海中。整个浅滩漫步的大人小孩都着泳衣，女的，不管老少，几乎都是比基尼，唯有我一身长衣帽子墨镜，全副武装，在这些人看来，我比较"特殊"。要在以前，我会感到别扭，会把自己藏起来，今天，已是年过半百的我，一脸坦然，随心所欲地走在海水里，任凭海风吹乱头发，海水打湿衣裙。后来我们又去了一大礁石后面的沙滩，感觉像走进了童话世界，碧绿清澈透明的海水，像极了《伊利亚特》中阿喀琉斯上战场之前，来到爱琴海和自己的母亲海洋女神告别。女神就站在这样的海水里，她告诉儿子，你有两条命运可选，不去攻打伊利亚特，可以长命百岁子孙满堂；去了战场，必死无疑，却可以流芳百世。阿喀琉斯毫不犹豫地选择了后者，成为古希腊的英雄，确实，到今天，他仍然是希腊人心目中永远的英雄。这样的英雄，这样的海水，只有神话世界才有，但是今天，我亲眼看见了，并且站在英雄曾经站过的海水里。此时此刻，我望着一望无际的大海，默默地向英雄致敬。差不多四点，我们收拾好东西，有点不舍地离开了沙滩，又经过两个小时，回到了我们在干尼亚临时的家，休整一个晚上，准备下一段旅程。

8月9日，晴。

八点半，我们告别了干尼亚，前往克里特岛的第一大城——伊拉克里翁。临走时，一一非要自己把箱子从楼上提下来。两个多小时的路程非常轻松愉快。首先,司机是个很有趣的人,喜欢音乐,经常一边开车一边手舞,还好,没有足蹈。爱说话,嘴巴基本没有停,我英语不好,听不懂,但他给坐在前排的女儿速补了关于克里特岛的文明起源以及神话故事。其次,一路都在爱琴海岸线上行驶,海边鲜花盛开,让我们饱览了爱琴海美景。最后,好心的司机绕道克里特岛第三城市雷西姆诺,在一座建于16世纪的海边古城堡停下来,让我们走近拍照,可惜不能更细地品味。走了一段又停下来,他说这里有非常漂亮的海湾,果然名不虚传,在我们拍照时,司机还排队给一一买了一盒果汁。十一点多,我们到了伊拉克里翁,先参观米诺斯王宫。这是我们来这座城市的最主要原因。米诺斯文明的标志是宫殿,关于米诺斯宫殿有许多传说和神话故事。走进王宫,门已不见踪影,只有一片废墟,留有一些残垣,从规模和模糊的结构来看,以前应该很宏伟。不过,原来认为只是传说的米诺斯文明能够在20世纪被发掘证实,应该已经非常幸运了。否则,曾经那么强盛和辉煌的一段历史就只能是传说。从米诺斯宫殿出来,来到伊拉克里翁博物馆,里面放满了米诺斯文明出土的文物,大约在公元前3000年到公元前700年之间。器皿工具首饰棺椁人物雕塑等,应有尽有。工艺之精美,样式之多样,图色之丰富,真的让人惊叹不已。可以毫不夸张地说,我们现在使用的很多东西,比如水杯项链等的设计,很多来源于这些文物,甚至达不到曾经的水平。一一看的时候,听着我们大人啧啧称奇,她再一次说:现在的东西就是没有原来的好嘛!吃完晚饭,我们走向海边散步,晚霞余晖,古老的海边城堡,海风习习,没有一点夏天的燥热。突然觉得,我们应该在这个小城多停留几日。可惜,我们和小城只有24小时的缘分。但愿以后还有机会再见。

8月10日,晴。

早上七点多,司机送我们去码头,准备乘八点多的船前往圣岛。两个多小时后,船靠岸了。接机的师傅和之前的两个师傅完全不同,一路几乎没有说话,可能因为圣岛游人太多了,每天这样接送旅客,他已经把热情消耗完了。我们到达酒店后还没有到入住时间,行李存放后,我们开始随便在岛上走走。圣岛由三部分构成,我们现在所在的地方是费拉小镇,岛上的阳光比岛上的人热情许多,不过树荫下马上就凉快了,到处是高低错落的白色房子,偶尔有蓝色的。圣岛实际上就是一座爱琴海上的小山,所以路基本上是上上下下的,平坦的、宽阔的路很少,蜿蜒曲折的小路最多。这里游客很多,中国面孔很常见,和我们在克里特岛完全不同,那里很少遇到同胞。我们随意地走,遇到一个临海的饭馆走进去吃了午饭。正午时分的大海泛着白光,颜色深蓝,吃完饭我们终于可以入住酒店了。小型复式房间,楼上还有一个带按摩浴池的露台,大家洗漱后休息。——和外公外婆还享受了一会儿露台的水中按摩。傍晚,我们去看日落和著名的蓝顶教堂。妈妈用的导航,——和外公外婆跟在后面走,上上下下,穿越了无数个小巷,眼看就要到了,路却被封了。只好重新选择路线,终于找到了这个著名的落日胜地。确实名不虚传,蓝顶教堂、白色墙壁,在晚霞的映衬下非常静美。八点一刻,太阳突然失去了威力,光线柔和下来,万丈红霞照耀在海面上,红彤彤的,这时候来看日落的人越来越多,我们眼看着今天的太阳从一个圆渐渐地变成半圆,直到完全掉进海里,远处只留下一道长长的余晖。看完日落,——饿了,妈妈要吃中餐,出来一个礼拜了,天天西餐,该换个口味了,于是我们找了一个看起来不错的中餐馆,点了水煮牛肉、家常豆腐和炒饭,大家吃得精光。看来中国胃永远都变不了了。饭后大家饭桌上闲聊,常常会说起妈妈小时候的事,平常匆匆忙忙的日子中很难有的温馨画面。确实,家人在哪儿,哪儿就有家。

8月11日,晴。

早上七点多,——和妈妈还在沉睡,外公外婆出门去走路,晨光中的圣岛更加迷人,新升的太阳如水般明亮,将白色的房子和蓝色的教堂映衬得更加纯净透明。外公外婆顺着毛驴运输人和货物的道走下去,到了古码头。从这儿乘船可以去火山岛,路还在海边延伸,外公外婆没有走到底。九点整,酒店把我们昨天点的早餐送到了房间,满满一大托盘,非常丰盛。我们四个人坐在餐桌上好好地享受了圣岛的第一顿早餐。十一点多,我们叫车前往岛上更高的地方,也是我们要入住的第二个酒店,十分钟就到了。我们住进了悬崖酒店,洞穴式的房子,一个大的客厅,一个长长的走廊,两个卧房,房子外面有凉桌凉椅,重点是有个面朝大海的露天温泉小浴池。——兴奋得走来走去。因为早点吃得丰盛,大家就一直窝在白色洞穴里,各自安好。——看动画片、写作业,妈妈追剧,外公泡浴,外婆睡觉写日记。到傍晚六点多我们才出洞,找了一家餐馆去吃饭。回来后,躺在外面浴池的凉椅上,看星星和远处的费拉小镇的灯火,天上地下相互映照。十点多入睡。一夜无话。

8月12日,晴。

感觉圣岛永远是晴朗的天。今早,外公外婆七点多出门晨练,今天去哪儿呢?因为不熟悉,就随意走走吧。我们这次决定向右边走,几经曲折终于走到了一条适合走路的路,沿海,平缓,一路上遇到了许多同行者,几乎都是老外。其实在这里,我们才是真正的老外,不知道外国人有没有这样的称谓?他们一般都会主动打招呼,一路走下去,可以看到远方绵延起伏的山,可以看到我们昨天乘巴士去的伊亚小镇,我们给自己定了一个目标,最近处的一个山头。爬上一个高高的坡后,我们到了目的地,上面建有一个蓝顶教堂,敲钟人靠墙坐在临海的一面。这里是一个海湾,视野开阔,我们歇息了一会儿,返回。途中外婆拍了许多花和岩石上的褐色斑点。这么干燥的天气,竟然可以开出如此美丽的花朵!九点多,外公外婆回到了房间,一一还在酣睡,妈妈已经起来,我们吃了昨天准备的早点,又开始各自的自在时光。中午大家都不想出去吃饭,于是继续待在家里,快三点我们整理好行李,离开我们住了三天两晚的洞穴,去等车前往机场。半个小时到了机场,因为疏忽没有提前在网上值机,为此要每个人付值机费30欧,加上一个超尺寸的箱子,50欧,这样除了机票,我们另外又付了170欧,相当于人民币1300多元。妈妈为此很气愤,外婆劝她:没什么,出门在外,多花点钱无所谓,一家人平平安安就好。下午五点三十五,我们登机,提前起飞,50分钟后到了雅典,8月5日接我们的华人司机又来接我们去酒店。一个小时后,我们到了酒店附近,但是妈妈和房主联系不上,又加上司机说这个区比较乱,晚上尽量不要出去,一下子把气氛弄得紧张起来。司机停下车后,和妈妈去找订的地方,外公外婆和一一留在车里。见妈妈半天没有回来,三个人都有点担忧,尤其是一一。等妈妈和司机出现在我们的视野里时,大家都舒了一口气。妈妈说联系上了,钥匙也拿到了。我们进到二层楼的房间,放下行李,趁天没有黑,出去吃饭。大家可是从早点吃了一直再没有吃东西了,本来对下午这顿饭抱有期待,但是妈妈简直如惊弓之鸟,建议在一个快餐店买了热狗带回房间吃,外公外婆觉得不必这么紧张,找一个好的地方吃饭。于是我们顺着街道寻找。这个地方确实比较僻静,饭馆少,有两家进去后发现其实是酒吧,再往前走还不知道有没有,于是又折回来在妈妈说的那家快餐店买了热狗。锁上门后,妈妈才放松下来,一一也是。一家人随便对付一下肚子,只希望休息一晚之后明天早点离开这里。

8月13日,晴。

早上九点多,大家吃了房东准备的面包,收拾好行李。十一点,司机送我们去雅典机场乘坐下午两点一刻的飞机返回北京。飞机上,一一和妈妈坐前排,外公外婆坐后排,外婆的脚搭在一一座椅上,一一乖巧地给外婆抚摸着脚,真是一个甜心宝贝。从上飞机,一一一直不困,要外婆和她一起透过飞机的小窗看3万米高空,非常漂亮的星星和云彩。

8月14日,晴。

北京时间凌晨四点多,我们回到了北京,圆满结束了希腊之旅。

啊印度,印度

瓦拉纳西之一

印度,我心里念想了许多年,嘴里念叨了许多年,今天终于如愿,踏在了这片土地上。

早晨五点起床,五点半出发去恒河。印度人起得比我们还早,通往恒河的大街小巷车流人流,熙熙攘攘,还有牛、狗来凑热闹。街边小摊已经开始卖早餐,也有一群人围在一起点着篝火。车子不能靠近恒河,要步行1公里才能到达,我们也成为这早晨街景的一部分。快到恒河时,雾气弥漫,路往下走了,土路坑坑洼洼,不时会被绊一下。一长排穿着鲜亮纱丽的妇女也鱼贯而下,也有一些男子往恒河走去。到了恒河边,雾气更大,迷蒙中可以看到这里非常繁忙,不能用热闹,因为没有喧闹声,只有穿着白色长袍做宗教仪式的两个人。一根长长的绳子从高处下来,坐在地上的人规律地拉着,拉一下,高处的铃声响一下,另外一个人,手里拿着一个铃铛,也是有规律地上下舞动。下到台阶最底下,就是流淌了几千年的恒河,水并不浑浊,我用手捧起恒河水,清澈透明。我的右边是几个男子光着膀子在水里沐浴,左边刚下来几个穿着纱丽的妇女,脱掉鞋袜,走进恒河,洗脸、洗手臂,一次次蹲入水中,很快又出来。这样几次以后,纱丽几乎完全湿了。凌晨的恒河边气温很低,我们穿着羽绒服,都觉得有点冷,印度人对宗教的虔诚由此可见。受此感染,我把两个鲜花祈愿灯放入恒河,祈望心中所爱得到恒河的护佑。

有点遗憾,今天恒河日出,因为大雾,没能如愿看到。

随后我们去了瓦拉纳西最著名的金庙,这也是印度教最神圣的地方,更是每个印度教徒一生当中必来朝拜的圣地。之前是不对外开放的,我们这次有幸随印度导游,也是印度教徒的阿东进了这个金庙。像印度教徒一样,我们也必须赤足进去,里面果然到处都是朝拜的教徒,金庙的顶上由一千公斤黄金铸成,金光闪闪。其他的神殿是石头雕刻的,非常细腻。有趣的是,神殿上几只猴子自由自在地跳来跳去,旁若无人。可惜只能参观,不能拍照。

不远处是印度庙,称其庙,其实并没有神灵,也不属于任何宗教,里面是自1947年独立以后印度的缩略实景模型。几分钟可以走完一圈。庙外像个小公园,人狗自在地躺在草坪上,晒太阳打瞌睡,好不惬意!

午饭后,我们去了野鹿苑。这是释迦牟尼经过十一年苦修思索,四十岁悟道后第一次讲经的地方,据说他在此六年。后来阿育王专门在此修建阿育王柱,以弘扬佛法,玄奘法师历经艰辛,来印度取经,也来过这里。野鹿苑是世界四大佛教圣地之一。进去后,里面则和门外的市井乱象完全不同,这里干净、安静、肃穆、神圣。大部分神殿遗迹都没有被完整地保存下来,只有残垣断壁。但巨大的达枚克佛塔依然巍峨壮观,这座佛塔是芨多王朝在公元5世纪修建而成的,塔身雕刻精美,图案古老而精致。塔下一只黑白相间的小松鼠正在用餐,根本没有把观看它的人放在眼里,津津有味地享受着它的美食。塔的顶部则成了鸟的王国,它们自由地栖息飞翔,这可能是世界上最大胆的鸟了。

下午四点多,我们坐三轮车穿梭于忙碌纷乱的街道中,再次来到恒河,先坐船观看火葬。河岸台阶上燃烧着五六堆火,死者的亲属围在一旁送别自己的亲人。

　　天色渐渐暗淡下来,恒河却更加热闹了,灯火通明,铃声嘹亮,岸上船里到处是人,恒河夜祭开始了。七个主祭人,在庄严的诵经声中,手拿冒烟的火轮和铃铛站在祭台上,做着统一的动作。我们则坐在恒河的船上观看如此隆重的活动。

　　我被这样的场面震撼住了。似乎理解了恒河被称为印度的母亲河的缘由了。印度人民世世代代生活于此,死后也葬身于此,恒河和印度人民息息相关。

　　瓦拉纳西的这一天,感觉过得很长,因为太丰富了。

　　不过我有点奇怪,觉得这一天的所见所闻虽都是第一次,但并没有陌生感,反而有一种亲切感。

　　是的,这就是印度,是我想象中的印度。

2020 年 1 月 14 日

瓦拉纳西之二

　　今天有半天的自由时间,吃过早餐,我们在酒店门口雇了一个三轮车,再次来到恒河。在没有导游的催促下,我们漫步在昨天只能从船上远观的恒河岸边,高大结实的建筑,风格显然有英殖民时的痕迹。今天,人们依然成群结伴地在恒河中沐浴。但更吸引我的是岸边墙壁上的画,可以说是涂鸦,可以说是壁画,色彩鲜艳,构图巧妙,只是我对其中大部分画的内涵全然不知。有一幅戴眼镜的印度老人的壁画,她的微笑发自于心,笑得那么开心,那么自然。我也不由得对她一笑,对恒河一笑。老人你好！恒河你好！

2020 年 1 月 15 日

斋浦尔

　　昨天下午四点半我们离开了瓦拉纳西，傍晚时分飞机降落在斋浦尔。

　　余晖中，看到这个城市和瓦拉纳西完全不同，有了现代化的高楼，有了开阔的马路。斋浦尔三面环山，由新城、老城和古城三部分构成。

　　一大早，我们从住的新城出发，开始了斋浦尔老城一天的游览。

　　老城保留了原样，全城的建筑都是粉红色的，连汽车都是粉红色，所以这个城市被称为粉色之城和玫瑰城。特别是建于 18 世纪中叶的风之宫殿，是古城的标志建筑，四五百米高的粉色宫墙，有许多窗户，任何地方风都可以吹进去，风之宫殿由此得名。

　　水上宫殿在山下的一片水泊里，远远看去，如仙宫一样，梦幻神秘。

　　琥珀堡在斋浦尔北部的山上，建于 1592 年。整个城堡由奶白、浅黄、玫瑰红和纯白石料构成，远看像琥珀一样漂亮。四个方形的大庭院风格不同，但都高贵、典雅、大气，边框门沿，精雕细刻，彩绘细腻，色彩鲜艳，丰富饱满。镜之宫尤其瑰丽，分为东宫和夏宫，取暖避暑设计之精妙，令人叹为观止。东宫用玻璃镶嵌，阳光反射下熠熠生辉，冬天时四面玻璃墙面上挂满羊毛毯子，点上很多蜡烛，随之毯子发热，宫殿里就暖和起来。夏宫一是用喷泉降温，二是墙面是空的，中间不断滴水带走热气，温度随之降下来。后宫简直是个迷宫，四面都是连贯一起的三层楼，有许多进口和出口，每个房间既有独立的空间，又能通往其他地方。

位于古城的天文台,进门之后,全是暖暖的土黄色调,各种计量时间、星座、太阳运行轨迹的设施,设计巧妙,美观大方。特别是日晷的精确度,让我们不得不佩服古代印度人的聪明智慧。

城市宫殿博物馆,实际上是现在印度皇室的私有产业,收藏着王公贵族们留下的衣物、地毯、兵器、艺术品等。虽然不大,却奢华精美,特别是其中的孔雀之门,几乎成为所有游客想留影的地方。

比拉庙在一个古堡的下面,纯天然大理石的。高大雄伟,里面供奉着印度教三大神之一的毗湿奴和他的妃子,当地不少印度人盛装前来拜祭,我们也脱鞋进去参拜了这位神灵。

到了印度,不看一场电影,枉来这个电影大国了。到了电影院,才理解印度电影为什么高产的原因。印度人非常喜欢看电影,可以说把去电影院当过节一样,一家老小,喜气洋洋,买票排队,进入影院大厅。据导游讲,宝莱坞每周一部新片上映。我们今天看的就是最新上映的电影。

圆形的大厅气派豪华,设施完善温馨,一圈沙发椅子,人们可以坐在这里等待。剩几分钟了,我们随人流进入放映厅,可以容纳一千多人的电影院,座无虚席。电影开始了,宽屏幕、音响、画面都非常完美,可惜我们听不懂印度语,只能看个热闹,不时地,观众席里发出笑声和欢呼声,我们完全蒙在鼓里,只能面面相觑。可是电影三个小时呀,怎么熬完呢。好在一个多小时后,有中场休息,我们这些"外国人"赶快从电影院里逃了出来。

斋浦尔一天下来,行程满满的。两点感受,一是宫殿多,且都保留完好。二是鸽子多,我们去的每一处宫殿都有成群的鸽子自由地飞来飞去,特别是中央博物馆的鸽子,尤为壮观,成千上万只鸽子俨然成了博物馆的主人。

不知道明天的阿格拉会给我什么样的感受？

2020 年 1 月 16 日

阿格拉

　　离开斋浦尔去阿格拉的途中，我们参观了月亮水井。公元 10 世纪时，印度夏特王为了保存珍贵雨水，在沙漠中修建了这座当地人口中的月亮水井。水井地面部分最宽，随着向下往内束起，整座建筑宛如倒三角形的金字塔，巧妙精致的设计，令人惊艳。

　　应该说，印度之行最具吸引力的是被称为世界第七大奇迹的泰姬陵。可是，我们到达泰姬陵的时候，已是下午两点多了，天色阴沉，零星地滴着小雨。尽管如此，泰姬陵依然游人如织，我不知道，人们是为爱情而来，还是为泰姬陵的精美建筑而来？

　　若说爱情，帝王的爱情能这样至诚相爱、生死相依，的确令人感动，也实为难得！

　　若论建筑之精美，可以说泰姬陵无与伦比！这是一座全部用白色大理石建成的宫殿式陵园，是一件集伊斯兰和印度建筑艺术于一体的古代经典作品，泰戈尔曾赞美道：泰姬陵是"时间面颊上的一滴泪"。

　　沙贾汗可能不会料到，作为一个君王，他无疑是个失败者，结局悲惨，但因为爱情，建造的泰姬陵和阿格拉堡成为他流芳千古的见证。

　　由此可见，世界上所有伟大的爱情只有落在实处，才能长长久久。要么像唐明皇和杨贵妃，有《长恨歌》；要么像沙贾汗和玛哈尔，有泰姬陵。

　　轻飘飘的所谓爱情，都将随风而逝。

2020 年 1 月 17 日

德里

德里、斋浦尔和阿格拉,地理上是个三角形,因此被誉为印度旅游的金三角。

如果说斋浦尔的琥珀堡是亮点,阿格拉的泰姬陵是亮点,那么,德里的亮点是什么呢?

虽然我们先到的德里,但真正开始游览德里却是最后一天多的时间。

四五个景点走下来,觉得难分伯仲。似乎找不到亮点,但似乎每一个都不能抹去它的光彩。

莲花庙是建于1986年的伊斯兰寺庙。虽然非常年轻,却因为其纯白色大理石莲花设计,成为德里的地标建筑,更成为印度人的骄傲。

贾玛清真寺是印度最大的清真寺。位于旧德里古城东北角,莫卧儿王朝的沙贾汗大帝下令于1650年开始建造,历时六年。它是与沙特阿拉伯的麦加大清真寺、埃及开罗的爱资哈尔大清真寺齐名的世界三大清真寺之一。让我感兴趣的是,这个建筑的修建者也是修建泰姬陵的沙贾汗。他与其被称为大帝,不如称为建筑大师更为恰当。虽然贾玛清真寺没有泰姬陵那样精致,也没有阿格拉堡那样宏大,但两支尖塔与白色的圆顶,却有一种肃穆庄严的感觉。这个寺庙规定,非穆斯林,所有人必须脱鞋,女生还必须穿伊斯兰长袍才可以进入。我穿着长袍,光脚走在寺庙里,平生第一次真切地感受了一下穆斯林教徒的宗教生活。

甘地陵实际上是一个象征性陵墓。1948年甘地被刺后,他的遗体按照印度教的传统被火化,骨灰撒落在印度境内所有的河流之中。这个陵墓非常简朴,不大的陵墓上只有长明灯,但来这里的人很多,因为甘地在印度人心目中地位很高，国际影响也非常大。他为印度的独立做出了巨大的贡献，他的人格魅力鼓舞了一代又一代印度人。我们的导游阿东满怀激情地说，没有甘地，他就不可能受到教育，更不可能学会汉语当导游。

胡马雍陵是莫卧儿王朝第二代皇帝胡马雍的陵墓，也是伊斯兰教与印度教建筑风格的典型结合。陵墓主体建筑由红色砂岩构筑，陵体呈方形，四面为门，陵顶呈半圆形。整个建筑庄严肃穆、亮丽清新，为印度乃至世界建筑史上的精品。泰姬陵的设计灵感来源于此。

我们最后参观的是古特伯高塔。1193年，印度第一位穆斯林国王为了庆祝战胜印度教，下令拆除了27座印度教寺庙，用其砖修建了高塔下的清真寺。这个世界上最高的砖砌高塔，高达73米，主要由红砂石建成。塔身雕刻了阿拉伯文的《古兰经》经文和各种花纹图案。和这个高塔对应着一个没有完成的塔座。塔的四周还有许多坍塌的建筑，这样残垣断壁的苍凉感，和希腊的卫城、古埃及的寺庙有异曲同工之妙。应该说我们这几天所看到的印度古迹都保留得很完整，这个被列入世界文化遗产的古塔，的确在印度有它独特的地位。

车览印度门、总统府、国会大厦、政府大楼和使馆区，都位于新德里市中心，环境干净优美。洋气的欧式建筑，和几公里外的路边贫民窟形成强烈对比。

2020年1月18日

来回八天印度之旅到此结束了。

看到的、感受的，和我之前了解到的印度是一样的；这是世界上唯一一个有着古老文化且一直延续着这种文化的国家；这是一个复杂的国家,多民族、多语言、多宗教、多种性纠葛在一起。

　　对这样一个国家,我说不上有多喜欢或者不喜欢,只觉得这个国家非常独特。

　　创造并保留了那么多的文明,却无视现在人居环境的脏乱差。

　　天空上的各种鸟儿,可以自由地飞翔,可以栖息在任何地方,即使是国家博物馆、总统府;地面上的各种动物,可以自由地在大街上漫步、睡觉,猴子还可以在树上、房顶上、窗户外、马路边跳来跳去,但人却始终恪守着各自的宗教信条、民族习惯生活着,包括自己的婚姻也还完全是父母之命。

　　一些中等城市,交通一片混乱,各种大小车辆和行人混杂裹挟在一起前行。八天下来,竟没有看见一起交通事故,没有听见一次吵架,更没有看见一起打架斗殴事件。看到的是孩子们纯真灿烂的笑容,人们从容淡定的面容。

　　……

　　啊印度,印度!如果有机会,我还想再来,去这次没有去过的一些地方。比如泰戈尔的故乡加尔各答,还有孟买……

　　在我心中,你依然是谜一样的存在!

2020 年 1 月 19 日

旅美生活
周志选

LVMEI SHENGHUO
ZHOUZHI XUAN

2013年，因为女儿在美国读研，所以我有机会在美国居住了一小段时间，体会了旅美生活的滋味。这里选择了部分所感。

旅美生活周记之一——初见达拉斯

由西安起飞,经停首尔一晚,达拉斯时间8月25日上午9点30分,我们母女孙三人经过两天时间,终于到达目的地——达拉斯。达拉斯萦绕在我脑海中无数次,更是无数次念叨的地方,今天显形了。几个小时的出关等待,让我和小一一情绪上有了一个缓冲,等在机场外的张姨(女儿在达拉斯生活一年中给予很多帮助的华人),张开热情的手臂欢迎我们。确如女儿所说,张姨朴实而善良,很周到地用电话给我们指引了出机场大门的最佳路线,因为今天达拉斯气温高达36℃,她想让我们尽快到达她有空调的车上。果然,一出机场大门,一股热浪席卷全身,好在我们在西安刚刚经历过这样高温的夏天。

儿童安全座椅

对于小一一(一岁四个月)来说,达拉斯考验她的,首先不是气温,而是在车上必须要坐儿童安全座椅。其实,早在她出生前,我就为她买了一个,一直到现在都没有使用过,只是由外婆家的餐厅搬到了外公车的后备厢里。这方面国内没有严格规定,所以也就得过且过了。张姨说,这个事情在美国没得商量。一一被放在了儿童安全座椅,哭声惨烈,泪眼婆娑,坐在一旁的外婆用尽了所有的安抚语言都没用,一一还是执着地大声哭叫。后来,只能放弃,能做的就是给她擦眼泪和鼻涕。

第二天,妈妈去超市也买了一个儿童安全座椅,安装在自己的车上。这个座椅成为——的专座。前几次——还是会哭,几次无效反抗之后,她慢慢也接受了,现在已经喜欢上了她的专座,每次都很享受专座的舒适。车上音乐一响,她便随着音乐的节拍开心地手舞足蹈。

外公评价说,终于和国际接轨了!

这里的黎明静悄悄

其实,不只是黎明静悄悄,所有的时间都是如此。一周了,所到之处我没有听到过喧嚣声和吵闹声。刚来的两天时间,我们寄居在张姨家,这是一个比较大的小区,从张姨家望出去,看到的是一座座设计漂亮的低层洋楼房,静谧安详,几乎没有看到过人。去超市的路上,沿途看到的是车、是树、是房屋、是大片大片的草坪。偌大的超市里也静静的,迎面碰见了人,尽管不认识,也会对你轻轻地一笑而过。

我想,校园该不会这般安静吧。可是住进校园公寓后依然静静的,你会怀疑对面的楼房里是否住着人,但所有的楼下都停了很多的车。蜿蜒的草坪小路上,偶尔会有人没有声响地走过。唯有不远处的足球场会时不时传来呐喊声、喝彩声。

安静的地方,心也安静下来了。

所有路口都有 STOP

每次随女儿出门,她在所有路口都会把车停下来,等一会儿,我说,明明前后左右都没有车,你怎么还停呢,女儿说,你没看见路口有一个牌子吗?我仔细一看,确实路口有一个大大的牌子,红色的字体 STOP。美国所有的路口,即使是人烟稀少的地方也都会竖着一个 STOP 的牌子。所有的停车场也都会有残疾人标志的专有停车位,我发现这些残疾人停车位都是在门口附近。

我带——在校园公园草坪散步的时候,看见小路上总有一些黄色的横线,以为是为美观。后来才明白,凡是黄线的地方,都是有台阶的,即使是非常小的台阶,也会有黄线标示出来。

虔诚的宗教生活

女儿认识张姨,缘于教会对刚来美国留学生的帮助活动。两年下来,她们已经成为很好的朋友,更准确地说,张姨像女儿在美国的一个亲人了。我们这次刚来几天,房子还没有安顿好,再次受到张姨的帮助,接机,吃住,去超市买东西都全靠她。在张姨家每次饭前,食物摆上餐桌后,男主人会带领全家人做祷告,感谢主赐给家人丰盛的食物,感谢主把我们一家平安送到美国,并祈求主保佑我们一家人在美国生活顺利。之前,我接触过《圣经》,但这样近距离地感受宗教的氛围和关怀还是第一次。在周五和周日又两次参加了华人教会活动,在教堂里,人们看上去平和宁静,彼此交谈友善亲切。来参加活动的会员的未成年孩子,教会都有相应的照顾。即使我们这样不正式的参与者,也同样一视同仁。——在婴儿室里,由一个专门的阿姨照管着。牧师讲道之前,教堂里响起舒缓优雅的赞美诗,令人陶醉。

教堂成为美国华人温暖的大家庭,也会成为我灵魂的一个栖息地吗?

2013 年 9 月 2 日

旅美生活周记之二——运动者是美丽的

来美已三周了。达拉斯几乎没有下过雨，气温始终居高不下。每次从家里出来，尽管临近中秋，仍然会先被一股热流冲击。走到开放的楼梯口，随后马上又会被楼下绿茵场上的场景所鼓舞，一群生龙活虎的人们在运动场上奔跑、跳跃、呐喊，天天如此，从未有过例外。他们不知道热吗？有时带——经过学校的健身房，不管白天还是晚上，透过玻璃窗，看到里面总是满满的人，跑步的、练肌肉的、打乒乓球的。难怪偌大的校园里看不到闲散的身影。他们要么在自己的寝室里，要么在教室里，要么在运动场上或健身房里。美国人就这么爱运动吗？记得在张姨家时，她的两个女儿，一个马上高中毕业，一个读初中。我住的两天时间里，很少能看到她们，她们总是早出晚归，偶尔见到了，看两个姑娘都黑黑的，张姨说，整天在球场上晒，能不黑吗？作为青春期的女孩子，确实是黑了些，但说句实在话，她们两个却给我留下了很美的印象，因为她们开朗阳光，肢体健美。这周五的早上，女儿接到张姨的一条短信，邀请我们晚上七点参加她女儿中学的橄榄球赛。吃完晚饭，我们欣然前往。到了目的地后，女儿开车进校园，转了几圈，竟然在很大的几个停车场没有找到停车位。我们的车跟一个车后面，想在一个偏僻的路边停下来，结果也都满满的，只好又掉头出来，最后只能驶出校园，在学校对面的临时停车场停下车。球场外面,人们排起了长长的购票队伍。好在张姨已经替我们买好了票。在入口处,男女老少,各色人等,还有一位老妇,被推在轮椅上来。看台上,已经人山人海,彩色旌旗飘舞,鼓乐齐鸣,好不热闹。张姨的两个女儿今晚都盛装出席,因为她们都是鼓乐队的鼓手。只是有点遗憾,我对橄榄球的规则一点都不懂,解说虽然很有渲染力,无奈我英文又不通,所以如此盛大的球赛完全看不懂也听不懂,只能傻乐。虽然体验不到橄榄球赛的精彩,但球场上运动员们猛虎下山一般的气势,观众席上热情的掌声和呐喊,鼓乐队精彩的演奏和表演,都给我留下了非常美好的感觉。今晚一一也特别兴奋,都晚上九点半了,她还依然精神饱满,毫无睡意,也跟着大人一起鼓掌呢。

2013 年 9 月 16 日

旅美生活周记之三——轻快的日子

记得刚来美国时,姐问我:适应了吗?我回复说:有——的日子,在哪儿都过得快。

此话一点不假,不知不觉,我们已经在这儿过了一个月。

尤其这一周,一晃而过,但又觉得很长,因为太丰富了,以至于我找不出这周的主题。放弃任何一点,都觉可惜,干脆把这周给——写的日记复制过来,权当周记吧。

9月16日,晴。

——来美国已经第四个礼拜了,有——的日子,妈妈觉得时间过得真快,她说这一个月感觉相当于她过去的两天。今天——和外婆、妈妈在家,哪儿也没有去,晚上出去活动了一会儿。外婆和妈妈走路,——滑滑梯。——的胆子越来越大,一开始不敢滑,后来滑小的,再后来滑大的,现在竟然手都不扶了,"嗖"的一下就到底了,而且越快她越开心,满身大汗,还乐此不疲,每次都得强制离开。

9月17日,晴。

——今天在教堂幼儿班吃饭、玩耍、唱歌都很乖,只是老师说,——

睡觉的时候哭了。老师抱着——嘴里老喊妈妈和婆婆,并指着门说门门。妈妈晚上去上课,外婆带——在校园里玩。——今天认识了一位印度阿姨,虽然没有语言交流,但看得出来,这个印度阿姨很喜欢——,总想摸摸——的小手,——也很喜欢阿姨。最后,——和阿姨还说了拜拜。

9月18日,晴。
今天——在家一天。吃喝玩都很好。

9月19日,晴。
——在幼儿班带回了一件和老师一起完成的作品,月亮和星星,因为今天是中秋。晚上,应妈妈原舍友的邀请,去王田阿姨家一起过中秋,一开始,——还有些拘谨,后来熟悉阿姨家之后,就很活跃,玩气球,称体重。——已经22斤了,难怪最近抱起来沉沉的。——特别喜欢吃阿姨做的可乐鸡翅,我们还一起吃了月饼,本来还要赏月,却听到外面电闪雷鸣,下雨啦!虽然赏不了月,但下雨也很难得,来达拉斯快一个月了,第一次遇雨。

——真是个特别有心的孩子。饭后,她拉臭臭了,妈妈就把卫生间垃圾桶的袋子收起来,准备走的时候带下去。没想到,已经过了很久,——不知从阿姨家的什么地方找出了一个塑料袋子,向着外婆晃着手里的袋子,外婆一开始还不明白——的意思,后来才恍然大悟,原来——看到妈妈把垃圾桶的袋子收了,并没有放新的。她示意外婆把这个袋子给套上。她和外婆一起给垃圾桶套上了袋子,这才心满意足地走出了卫生间。

——这么小,但懂得去做很多事情,每次我们要出门,她会根据这次出门的地方,给外婆和妈妈拿鞋。如果去楼下运动,她会给我们拿运动鞋;如果去教堂,她会给我们拿皮鞋。从外面回来时,妈妈有时坐在沙发上,忘了换拖鞋,——就会把妈妈的拖鞋拿给妈妈,并把妈妈换下来的鞋放回原处。

——还不到一岁半,就这么有眼色、勤快、善解人意,长大了,还不知道会怎样疼人呢!

9月20日,阴雨。

外面一直下着小雨,——待在家里。晚上和外婆出去散步,雨停了,外面的空气更清新了。——拿着手机,学着外婆的样儿给外公看我们住的楼。

9月21日,晴。

今天妈妈带——和外婆去白石湖。非常漂亮干净的一个湖,在湖边跑步、散步的人相对多一些。——今天也受此影响,大部分时间都是自己走,或者推车,很少坐车。

之后,妈妈又带我们去吃德州最有名的牛排,——对店里的环境很好奇,东瞧西瞅的,牛排只吃了一点点,主要对花生米和玉米感兴趣,吃了不少。不知——长大后,看这段日记时是否会后悔,她来德州这么有名的牛排店,竟然没有吃牛排!

在我们今天三段的行程里,——都是一到车上就睡觉,一下车就精神。外婆又忍不住感慨,——绝对是一个好玩家,有成为旅行家的潜质。外婆期盼着,——再大一些,带——每周去秦岭登山,看四季风景变化;更期盼着,——长大后,外婆变老时,——可以带外婆一起出游。

下午五点多,妈妈的好朋友,和妈妈一样年轻的一对夫妇来看一一一，还给一一带来了好吃的。他们也有一个比一一小四个月的宝宝，六月一号才回的国。看到一一，非常喜爱，不一会儿，一一就和他们熟悉了，会主动给阿姨和叔叔分香蕉片吃，让阿姨抱抱，他们走的时候，一一还和他们拜拜，飞吻。

晚上，妈妈带我们去参加教会的中秋聚餐，活动地点在张姨家小区的湖边，一一又是车上睡觉，下车玩。教会的华人们从各自家里带来吃的放在一起，互相分享。很多的菜、点心、水果和饮料，一一喜欢吃炒面和炒饭里的豆豆。只可惜今夜天气晴朗，漫天星斗，月亮却不知躲在哪里。

9月22日，晴。

本来今天要像往常周日一样去教堂听牧师讲道。但外婆决定这周不去了，一一和妈妈这周都太累了，应该好好休息一下。这不都早晨九点半了，母女俩还在酣睡。愿主保佑外婆最爱的一一和妈妈永远幸福平安！

从窗户望出去，今天的阳光依然很好，校园静谧安详。

2013年9月22日

旅美生活周记之四——无处话秋语

记得八月下旬刚到达拉斯,立秋已二十多日。女儿开车带我和一一在校园转,看见一片绿油油的树林和草地,空旷静谧,我心想,这么好的地,怎么没有人来散步呢?等到深秋了,树叶黄了,这儿一定会更美,我要带一一每天来散步!眼看着,中秋过了,重阳也过了,应该已到晚秋了。但我期盼的秋景还迟迟不来,树还是一身绿装,丝毫没有换装的意思,莫非这儿的树都是常青树?常青树固然好,但我更喜欢四季分明,一岁一枯荣的变化。春天,万物复苏,花开花落;夏天,绚烂热烈,淋漓尽致;冬天,含蓄内敛,积蓄能量。

至于秋天,四季中我偏爱秋天。不只因秋天是收获的季节,更因它的多彩多姿。银杏的黄,枫叶的红,还有许多浅黄的、深黄的、浅红的、深红的、棕色的,把秦岭染得五彩缤纷、花团锦簇。天气晴好时,约三五老友登高望远,秋高气爽、心旷神怡;秋雨纷纷时,落叶哗哗,满目萧瑟,秋意浓浓,让人百感交集。无论晴雨,秋天都会给人一个情景,一种情绪。秋天里,我活得不一定最快乐,但一定活得最有味道。十日之后,霜降;二十日之后,立冬。看来,我要错过一年之秋了!

2013 年 10 月 14 日

旅美生活周记之五——守素安常

人们常常向往外面的世界，以为生活在别处。

前两天，一位老朋友还在微信里问：你在美国的生活一定比国内好吧？

这个问题还真不能简单地回答是，或者不是。当然，这里的空气质量优质，食品干净卫生，人的素养比较高，但生活简单，甚至有时会感到无聊。出行不便，离开私家车，某种程度上寸步难行，出租车、公交车非常少。我万里迢迢来美国，主要是陪伴女儿读书，顺利完成学业，小孙女健康快乐地成长，能完成这两个心愿，其他任何不便，都是可以忽略的。

而且简单的生活有简单的好，人可以安静下来。

——第一次见到楼下的小松鼠时，还有点怕，拉着外婆的手不肯松开。因为天天都碰到，——和小松鼠越来越熟了。现在一看见小松鼠，——就指给外婆看，还会冲着小松鼠喊，来！来！小松鼠也似乎熟悉了我们，再不躲不跑了，而是会一点点靠近，有的还会跑几步，停下来，举起前腿，冲我和——做鬼脸，再跑几步，再停下，做鬼脸，很调皮的样子。足球场的绿草地上，每天傍晚，几只灰兔出来活动，打洞、觅食，——很喜欢这几只兔子，每次都会站在那儿看很久。

校园里的鸟很多,一种黑色的鸟,早晨,天微亮,就在窗户外,叽叽喳喳地说话;九、十点的时候,一群群地飞来飞去,一会儿落在草地上觅食,一会儿又落在房顶上,胆大的要在高高的路灯杆上高瞻远瞩;黄昏了,大部分鸟儿栖息树上,从树下经过时,还能听见细微鸟语,也有一些贪玩的鸟儿,仍站在电线上看热闹,有的还趁着一点余光飞翔着。九月初,我们晚上在慢跑道边,看见工人们撒播的小草长出了一点点嫩芽,眼看着,小草一天天长大,现在已是绿油油的草丛了。我习惯带一一在楼的南面玩,昨天心血来潮,心想,何不在北面看一看。一出楼口,先是被泳池边草地上的蒲公英花所吸引,黄色的花被绿草衬托得艳美娇嫩,已经熟透了的蒲公英变成了白色的小球,上面开满了小绒毛,用嘴一吹,随风散开,有几瓣绒花落在了一一的脸上、身上,一一兴奋地喊叫起来。清澈透亮的一池水,永远脉脉深情地等待着来游泳的人。走过泳池,沿着蜿蜒小路穿过一条马路,一片雏菊显眼地开放着,秋风一吹,花枝摇曳,随风起舞。与菊花相伴的一丛芦苇,在阳光下闪亮发光,慢坡的草坪被小兰花点缀得如同美丽如画的毯子。我和一一坐在毯子上,静静地看蓝天白云,看鸟儿飞过,偶尔还能清晰地看到一架飞机穿云而过……

  清淡如水的日子,没有喧嚣,没有繁华,守素安常,无所挂虑。只有这样,才可以沉浸在他人故乡,亲近这里的一草一木、一花一鸟,不辜负这段异乡时光。

2013 年 10 月 21 日

旅美生活周记之六————学语

周日去商场,在一女装店,外婆看一件湖蓝色外套,翻看着上面的吊牌,一一说:"外婆,这,很漂亮!"外婆被一一这句话逗笑了,外婆问一一:"真的漂亮吗?"一一点头说:"是!"神情认真,态度坚定。小一一,不到十七个月,已经可以给外婆当参谋了!

仿佛还是昨日,一一呱呱坠地,啼哭着来到这个世界,除了用哭声来表达自己最基本的需求外,只会偶尔笑一笑。大约半岁之后,偶尔会发出一些声音,奶、妈,完全是无意识的。到十个月的时候,已经可以在指令下有意识地发出妈妈、爸爸的音来。我想,这时候的声音,有一半意识,一半无意识。一岁后,一一开始能认识家里所有的人,但还不会叫。一岁两个多月的时候,可以很清楚地叫妈妈爸爸了,并且是针对性的。一岁四个月的时候,一些简单的东西,能叫出名字来,如"面面、饭饭、灯灯、兔兔"等等,基本上是名词。这应该是一一学语的第一个阶段,对物品的识读。一岁半之后,一一进入了第二个阶段,给名词加上了动词,比如,会说"吃面面、吃饭饭、吃菜菜、喝稀饭、洗澡澡、关灯灯、上楼梯、踢球球、等妈妈、找妈妈"等等。有些会说成倒装句,比如,"灯灯关、门门开"。

近一个月,一一语言发展比较快,在动词前面加上了主语,"妈妈吃饭了,一一吃果果,一一睡觉了,一一画画,外婆抱一一,一一洗手手",有一些问候的话也学着说,如:"老师好,加油,谢谢,这个好看,好吃!"这几天,喊妈妈吃饭时,还会说,妈妈快来吃饭!已经会加副词了。观察和记录一一学语的过程,是一件非常有意思的事情。随着她心智的一点点觉醒和成熟,语言也由原来只会说简单的词、短语,到会说完整的句子,逐步地有了动作、主体意识、情绪的表达。我想,情绪的表达,随着一一的成长,今后会越来越多的。

有人说,口才来自天赋。我不得而知,只期望着,一一踏踏实实地学语,将来能准确地表达自己,就足矣。

2013 年 10 月 29 日

旅美生活周记之七——南瓜灯

说来惭愧，之前我对南瓜的认识只限于它是可以吃的。吃的方式可以有很多，煮、蒸、煎、炸，我最常做的是蒸南瓜条。南瓜子也很好吃，记得小时候，每年秋季，南瓜熟了，妈妈把南瓜子洗干净，晾干水分，放到炒瓢里翻炒，焦黄了，打点盐水，"扑哧"一声，盐水很快被焦黄的南瓜子吸收了，稍凉一会儿，就可以吃，吃起来香脆可口。现在忆起来，仍有余香。

十一月初，无论去商场，还是去超市，显眼的位置上都摆满了很多橘红色的南瓜，个头很大，我不明原因，后来才知，南瓜是西方万圣节的重头戏。

这周末下午四点，我们被邀请参加 UTD 的刻南瓜灯活动，南瓜可以刻成灯？带着好奇，抱着——，我们走进一个 30 多平方米的屋子，里面放置了十几张桌子，每个上面都有两个大大的南瓜，已有很多人动手刻了。女儿领来一张图纸，几个图钉，一把带锯齿的小刀，一根蜡烛，还有两双塑胶手套。南瓜口事先被切开了，我们先要把里面的南瓜子和瓤掏出来，然后用图钉把图纸固定好，顺着虚线刻就是了。刻了一会儿，我浑身冒汗，因为专注一个姿势，脖子感觉已经僵硬酸疼，手也被小刀勒得很疼，换女儿继续刻，一会儿，女儿也喊累了，我又重新上阵。就这样，我们俩轮番作战，用了整整两个小时才算完工，一个恐怖怪异的鬼脸活灵活现地出现在我们面前。

六点，我们带着战利品凯旋。本来想在晚上关掉家里所有的灯，把南瓜灯点上，营造出万圣节的气氛来。遗憾的是，家里没有可以点火的东西。我们只好对着南瓜，做一个和它一样的鬼脸。

2013 年 11 月 3 日

旅美生活周记之八——爆胎之后

周四早晨,阳光充沛,天空晴朗。

九点,像往常一样,女儿开车送——去教堂幼儿班。坐在后排的——,不时地指给外婆看空中的飞机,或者电线上的鸟儿。走了快一半的路,刚过了一个小路口,突然车子发出很重的声音,随之开始越来越猛地抖起来。我马上意识到,可能车出问题了,至于哪儿的问题,我判断不出来。女儿赶快把车靠边停下,下车查看,惊慌地说"爆胎了!"

我抱着——,跑出来一看,左前轮车胎完全爆开了。我的第一反应,"这可怎么办?"女儿虽然开车也一年多了,但还从未遇到过故障,更没有见过这个场景。我虽然驾龄十年,但实在惭愧。现在碰到这种情况,我们束手无策。

女儿能做的只能是给她的一个同学打电话,同学能给的帮助也只能是让女儿打911。就在女儿准备要拨911的时候,我看见一个车子停在了我们车的后面。从车里下来一位六十岁左右的女士,我以为她是下车办事的。但这位女士直接走向女儿的车前,问我可以帮你吗?弄清情况后,女士马上动手准备帮女儿换轮胎。她打开后备厢,取出备用轮胎和工具,一个人把轮胎拖到车前轮处,用千斤顶顶起了车,从她自己的车里拿来需要的一些工具,就在女儿和这位女士忙碌的时候,对面一辆车掉头过来,停在了女士的车后面,从车里下来一位中年男子,很高的个子,他径直走到女儿身边,轻轻拍了拍女儿的肩膀,微笑了一下,女儿惊了一下,因为她完全不知道这位先生停车下来。这位先生立即帮忙,但爆了的轮胎怎么也卸不下来,因为缺少一个工具,必须要到修理厂去才可以卸下来。他马上给附近的一个修理厂打电话,让他们来拖车,并说清楚车子所在的地点,并把修理厂的电话给女儿。女士看这位先生已经把事情安排妥当了,准备要离开,离开前,拥抱了一下女儿,安慰女儿说:"这将是你最好的一天!"女儿的眼泪都要下来了。这位先生在和修理厂商量好后,先带着我们去修理厂,好让女儿知道等会儿到哪儿去取车,然后把——送到了教堂幼儿班。在路上,他的公司给他打来电话,问他怎么还没来上班,他说他在帮一位女士修车。

12 点的时候,修理厂打来电话,说车已修好,可以来取车了。

爆胎可能是对大部分开车人来说会碰到的事,处理起来也不算太难。可对我和女儿来说,却是一件大事,因为我们完全是外行。在我们无助的时候,那位女士和先生,可以说是路人甲和路人乙,到现在我们都不知道两位的姓名,他们主动上前帮忙,毫不迟疑地把它当成自己的事情,动手做起来,自自然然,大大方方,甚至没有太多的言语。

2013 年 11 月 7 日,寻常的一天,却是我们美好的一天!

2013 年 11 月 9 日

后　　记

我从小生活在陕西渭北平原洛河北岸一个叫城南的小村庄,天朗气清的时候,能远远望见南边的山,很好奇,山的那边是什么?

这本集子收录了我二十多年由于一个个的好奇所促成的一次次行走留下的足迹,从秦岭到大江南北乃至国外。有朋友问我:你为什么那么热衷于旅行?我回答:因为我对未知的世界始终充满好奇,且在旅途中,我把自己一层层从狭小的硬壳中释放出来,寻找到本来的我,一点点增加了自信,体验到了作为一个人的幸福和快乐。

说来惭愧,这些年走过的这些路,加起来应该是一个巨大的数字,但是没有一次是我一个人独立完成的。冠冕堂皇地说,我喜欢和人分享旅行的快乐,其实冠冕堂皇的下面,还潜伏着一个很重要的原因,那就是我无法战胜一个人旅行的孤独感。因此,我要感谢我的家人,我的老朋友、老同学,谢谢你们陪伴着我走了不同的旅程。没有你们的陪伴,我无法完成自己的心愿。更为重要的,因为有你们的陪伴,使我的每一次旅行,无论长短,无论国内国外,都变得更加丰富和有意义。

这本集子能够面世,我要感谢西安建筑科技大学文学院杨彦龙教授和韩蕊教授,以及中文系韦拴喜教授对我的大力扶持和帮助;还要感谢西北大学出版社张萍总编对我一如既往的支持,感谢我的责任编辑许欢妮老师认真编辑和设计每一个环节,为这本书付出了辛勤的劳动;感谢我的老同学韩鲁华教授,在百忙中抽出宝贵时间,帮我润色把关,并写了一篇精彩的序言,为拙作增色不少。

  行走的意义,可能对每个人都不一样。对我来说,行走已经成为一种习惯,特别是每周爬一次山,已成为我的一种生活方式。

  尽管我已经越来越老,但是我仍有对未知世界的好奇,对大山永不厌倦的热爱。只要还能行走,我还会一直这么走下去,直到走不动为止。在我愈来愈缓慢的行走路上,希望能得到你们,我亲爱的家人和朋友一如既往的关注和支持,因为你们是我走来走去的力量。

2022 年 4 月